फ़िल्म की कहानी कैसे लिखें

विपुल के. रावल

राधाकृष्ण पेपरबैक्स

राधाकृष्ण पेपरबैक्स में
पहला संस्करण : 2016
पाँचवाँ संस्करण : 2024

राधाकृष्ण पेपरबैक्स : उत्कृष्ट साहित्य के जनसुलभ संस्करण

राधाकृष्ण प्रकाशन प्रा. लि.
जी-17, जगतपुरी, दिल्ली-110 051
द्वारा प्रकाशित

शाखाएँ : अशोक राजपथ, साइंस कॉलेज के सामने, पटना-800 006
पहली मंजिल, दरबारी बिल्डिंग, महात्मा गांधी मार्ग, प्रयागराज-211 001
1, अनमोल सोराबजी सन्तुक लेन, धोबी तलाव, मरीन लाइंस, मुम्बई-400 002

वेबसाइट : www.radhakrishnaprakashan.com
ई-मेल : info@radhakrishnaprakashan.com

बी.के. ऑफसेट
नवीन शाहदरा, दिल्ली-110 032
द्वारा मुद्रित

मूल्य : ₹199

FILM KI KAHANI KAISE LIKHEIN
by Vipul K. Rawal

ISBN : 978-81-8361-803-8

यह किताब मैंने क्यों लिखी?

फ़िल्म राइटर्स यूनियन के हमारे ऑफ़िस में रोज़ अनेक नए लेखक आते हैं, जो यह जानना चाहते हैं कि फ़िल्म राइटर्स यूनियन का सदस्य कैसे बना जाए? सबसे पहला सवाल यह कि लोग इस यूनियन का मेंबर क्यों बनना चाहते हैं? बिल्कुल सीधी बात है! ये लोग फ़िल्म राइटर्स यूनियन का मेंबर इसलिए बनना चाहते हैं क्योंकि वे अपनी आँखों में एक सपना लेकर मुंबई आए हैं। और वो सपना है एक सफल फ़िल्म लेखक बनने का! इस यूनियन का सदस्य बनने के लिए आपको कम से कम दो स्थाई सदस्यों के रेफ़रेंस (संदर्भ) की ज़रूरत पड़ती है। इसलिए यूनियन ऑफ़िस के पंजीकरण अधिकारी किसी भी नए लेखक को हमारा फ़ोन नंबर दे देते हैं कि आप इनसे जाकर मिल लीजिए, ये आपके फ़ॉर्म पर हस्ताक्षर कर देंगे। हम जैसे स्थाई सदस्यों के लिए भी इसमें किसी बैंक गारंटी जैसा कोई ऐसा जोखिम नहीं होता, इसलिए मैं या मेरे जैसे दूसरे लेखक आसानी से उनके फ़ॉर्म पर हस्ताक्षर कर देते हैं।

ऐसे किसी भी फ़ॉर्म पर हस्ताक्षर करने का मेरा एक सीधा-सा नियम है। चूँकि मैं उस उदीयमान लेखक से पहली बार मिल रहा होता हूँ, इसलिए मैं फ़ॉर्म पर एकदम से हस्ताक्षर नहीं करता। मैं पहले उस नए लेखक के बारे में कुछ ज़रूरी बातें जान लेना चाहता हूँ। मैं उसके परिवार के बारे में, उसकी शिक्षा के बारे में और उसकी परवरिश के बारे में कुछ बातें जानना ज़रूरी समझता हूँ। यह सब जानने के पीछे मेरा एक सीधा-सा मकसद होता है। मैं जानना चाहता हूँ कि क्या उस उभरते हुए लेखक को ऐसी कहानी लिखने का अंदाज़ा है, जो बिक सके और उस पर कोई फ़िल्म बन सके? देखिए, कहानी लिखना तो बहुत आसान है लेकिन उस कहानी के जरिए पैसा कमाना बहुत ही मुश्किल है। अगर आप किसी अजनबी इंसान के साथ एक कप चाय पीते हैं और आधा घंटा बातचीत करते हैं तो उसके साथ आपका एक रिश्ता बन जाता है। इसीलिए, उनमें से कई लोग तो बाद में मुझे फ़ोन भी करते हैं और पूछते हैं कि सर, क्या आप मेरी कहानी पढ़ना पसंद करेंगे? मैं भी उन्हें कभी निराश नहीं करता। बस मेरी एक शर्त होती है कि पहले अपनी कहानी रजिस्टर कराओ, उसके बाद मुझे वह कहानी मेल करो। तब मैं तुम्हारी वह कहानी पढ़ूँगा।

इसके बाद वो मुझे अपनी कहानियाँ भेजते हैं। मेरा यक़ीन मानिए, जब मैं उनकी लिखी हुई कहानियाँ पढ़ता हूँ तो वास्तव में मुझे बहुत दुख होता है। आज तक मुझे किसी की भी कहानी में कुछ अलग नहीं लगा। वे सभी कहानियाँ बहुत ही साधारण किस्म की होती हैं। उनमें कुछ भी नयापन नहीं होता। यहाँ तक कि लिखने वाले को कहानी लेखन के मूलभूत तौर-तरीक़े भी पता नहीं होते। जो उदीयमान लेखक आपनी आँखों में ढेर सारे सपने लिए, हज़ारों मील दूर से मुंबई आया हो, उसे मैं यह भी तो नहीं कह सकता कि तुम्हारी कहानी में कोई दम नहीं है या तुम्हारा कुछ नहीं होने वाला, जाओ वापस चले जाओ। मेरे लिए ऐसा कह पाना बहुत मुश्किल है, क्योंकि कुछ साल पहले किसी ने मेरे साथ इससे भी बुरा बर्ताव किया था। मुझे आज भी अच्छी तरह याद है कि तब मेरे दिल पर क्या गुज़री थी। वैसे, एक तरह से देखा जाए तो उनका कहना भी ठीक था। मेरी वो कहानी आज भी मेरे पास मौजूद है। मैं जब भी उसे पढ़ता हूँ तो मुझे लगता है कि मैं क्या सोचकर अपना सब कुछ छोड़कर फ़िल्म लेखक बनने के लिए मुंबई चला आया था। यह सोचकर मुझे अपने आप पर हँसी आने लगती है।

बहरहाल, जैसे-तैसे मैं कहानी लिखना सीख गया। फ़िल्मों की कहानियाँ कैसे लिखी जाती हैं, यह जानने के लिए मैं लाइब्रेरी गया। फ़िल्म लेखन के बारे में बहुत सारी किताबें पढ़ीं, ढेरों अंग्रेजी फ़िल्मों की पटकथाएँ (स्क्रीनप्ले) पढ़ीं। इस तरह मैंने धीरे-धीरे कहानी लेखन सीखा। सच कहूँ तो मैं आज भी सीख ही रहा हूँ।

इस समय पटकथा लेखन के बारे में बहुत सारी किताबें बाज़ार में उपलब्ध हैं। हमारी फ़िल्म इंडस्ट्री के भी कई लेखक नियमित रूप से पटकथा लेखन का कोर्स कराते हैं। इंटरनेट पर भी ऐसी अनेकों वेबसाइट हैं, जो सिर्फ़ पटकथा लेखन को ही समर्पित हैं। लेकिन इन सभी में एक बात समान है, और वो है उनका सिखाने का माध्यम! यानी वहाँ सब कुछ अंग्रेजी भाषा में है। किताबें अंग्रेजी में हैं, जो कोर्स सिखाते हैं, उनका सिखाने का माध्यम अंग्रेजी है, कोर्स मैटेरियल भी अंग्रेजी में है। ऐसे में सवाल यह उठता है कि वो भावी लेखक क्या करेगा, जिसकी अंग्रेजी पर पकड़ थोड़ी कमज़ोर है? बस, यही सोचकर मैंने इस किताब को लिखने का फ़ैसला किया। मुझे महसूस हुआ कि अगर मैं हिंदी में फ़िल्म लेखन की कुछ आधारभूत बातें लोगों तक पहुँचा सकूँ, तो उन भावी लेखकों की ओर से कोई ऐसी धमाकेदार कहानी हमारी फ़िल्म इंडस्ट्री में आएगी, जो सबको हिलाकर रख देगी!

फ़िल्म लेखक बनने से पहले मैं भारतीय नौसेना में था। वहाँ पर मैं एक खलासी (सेलर) था। मेरे ज़्यादातर साथी यूपी, एमपी, बिहार और हरियाणा आदि राज्यों के रहने वाले थे और उनकी अंग्रेजी कमज़ोर थी। लेकिन मुझे आज भी

अच्छी तरह याद है कि उनकी सोच, उनका स्वभाव और उनका हास्य-बोध बहुत कमाल का हुआ करता था। उनके साथ रहकर मुझे अहसास होता था कि ये कॉन्वेंट स्कूलों में पढ़ने वाले लोग दुनियादारी के बारे में कितना कम जानते हैं। और दूसरी तरफ़, ये कितने तेज़-तर्रार और होशियार हैं, लेकिन कितने अफ़सोस की बात है कि ये सिर्फ़ अंग्रेजी ना जानने की वजह से कितने पीछे रह गए हैं। उनका खुद का भी ये मानना था कि अगर हमारी अंग्रेजी थोड़ी अच्छी होती तो हमारा आत्मविश्वास भी देखने लायक होता।

मैं यहाँ इस बहस में नहीं पड़ना चाहता कि किसी इंसान के लिए अंग्रेजी जानना ज़रूरी है या नहीं! मैं सिर्फ़ यह कहना चाहता हूँ कि पटकथा लेखन के बारे में हिंदी में शायद एक भी किताब उपलब्ध नहीं है। कितनी हैरानी की बात है! इतने बड़े देश में, जहाँ हिंदी बोलने वालों की संख्या सबसे ज़्यादा है, हिंदी भाषा में एक भी किताब नहीं है। इसी वजह से मैंने तय किया कि मैं हिंदी में एक ऐसी किताब लिखूंगा जो पटकथा लेखन से जुड़ी आधारभूत बातें सिखा सके।

इस किताब को लिखने का मेरा सिर्फ़ यही मकसद है कि जिन भाइयों और बहनों को अंग्रेजी में लिखी किताब समझने में दिक़्क़त होती है, उन्हें फ़िल्म की कहानी लिखने का आधारभूत तरीक़ा बता सकूँ।

अगर आप हाउस वाइफ़ हैं या डॉक्टर हैं या किसी कंपनी में कोई काम करते हैं, या आपका ख़ुद का कोई बिज़नेस है, तो मैं दावे के साथ कह सकता हूँ कि इस किताब को पढ़ने के बाद आपको अंदाज़ा हो जाएगा कि किसी फ़िल्म की पटकथा कैसे लिखी जाती है और उस पटकथा को बेचा कैसे जाता है (जो लिखने से भी ज़्यादा महत्त्वपूर्ण बात है)!

अगर आपको किताब पढ़ने के बाद महसूस हो कि इसमें कोई ऐसी बात छूट गई है, जिसे नहीं बताया गया है, या सही ढंग से नहीं बताया गया है, तो आप मुझे ई-मेल कर सकते हो।

आभार

इस किताब की रचना में सबसे महत्त्वपूर्ण योगदान देने के लिए मैं सबसे पहले अपनी पत्नी सिंधु का आभार व्यक्त करना चाहूँगा। सिंधु के सहयोग, सहानुभूति, धैर्य और समझदारी के बिना ना तो मैं फ़िल्म लेखक बन पाता और ना ही इस किताब को लिख पाता। कई बार ऐसे मौक़े भी आए, जब मेरा ख़ुद पर से यक़ीन उठने लगा था, लेकिन सिंधु को मुझ पर और मेरी क़ाबिलीयत पर मुझसे भी ज़्यादा भरोसा था।

इस किताब के लिए मैं रविंद्र चौधरी का भी आभारी हूँ। रविंद्र ने मेरी रोमन लिपि में लिखी गई पांडुलिपि को देवनागरी में तब्दील किया। मुझे एहसास है कि उसने कितनी लगन और मेहनत से यह काम किया है। उसने कभी कोई शिकायत नहीं की और वक़्त की पाबंदियों को ध्यान में रखते हुए यह कार्य संपन्न किया।

मैं अपने बचपन के दोस्त और स्कूल के साथी उपेंद्र राय का भी शुक्रिया अदा करना चाहूँगा। उपेंद्र ने हर क़दम पर मेरा हौसला बढ़ाया और मुझे अपने सपनों को साकार करने के लिए हमेशा प्रोत्साहित किया। इतना ही नहीं, जब भी कभी मुझे आर्थिक मदद की ज़रूरत पड़ी तो उसने बेझिझक मेरी मदद की। उसकी मदद की वजह से ही मैं कभी भी किसी भी प्रकार का समझौता किए बग़ैर अपनी कहानियाँ बेच सका।

मैं नीरज पांडे, टीनू देसाई, शीतल भाटिया, जॉन मैथ्यू मैथन, जॉन अब्राहम, शील कुमार का भी बहुत आभारी हूँ। इन सभी शख़्सियतों ने मेरी कला को मान दिया। इन्होंने मेरी कहानियाँ पसंद कीं और मुझे अपने साथ काम करने का मौक़ा दिया। मैंने इन सभी से बहुत कुछ सीखा है और उम्मीद करता हूँ कि आगे भी सीखता रहूँगा।

आपको पहली कहानी लिखने की शुभकामनाओं के साथ!

—विपुल के. रावल

अनुक्रम

1

परिचय

एक ज़माना था, जब हिंदी फ़िल्म इंडस्ट्री में सभी लेखक हुआ करते थे। यहाँ लेखक शब्द से मेरा तात्पर्य सिर्फ़ फ़िल्म लेखक से है। फ़िल्म इंडस्ट्री के लेखक को आप प्रेमचंद, शरतचंद्र या शेक्सपियर समझने की भूल मत कीजिएगा। तो जैसा मैं कह रहा था कि हिंदी फ़िल्मों में सभी लोग लेखक हुआ करते थे। डायरेक्टर तो लेखक होता ही था, हीरो भी लेखक हुआ करता था, हीरोइन भी लेखिका बन जाती थी और बची-खुची कसर हीरोइन की माँ या प्रोड्यूसर की सहेली पूरा कर देती थी। उस ज़माने में यह सब चल जाता था।

फिर एक दौर वो भी था जब हिंदी फ़िल्म का कोई प्रोड्यूसर या डायरेक्टर अपने किसी असिस्टेंट को किसी अंग्रेजी फ़िल्म की वीडियो कैसेट या डीवीडी देते हुए कहता था, 'यार, जरा इसे लिख दो'। और वो बंदा लिख भी देता था, फ़िल्म बन भी जाती थी और वो महाशय अपने आप लेखक कहलाने लगते थे।

मगर अब ऐसा होना संभव नहीं है। इसकी कई वजहें हैं। पहली और सबसे बड़ी वजह तो यह कि अब क़ानून बहुत सख्त हो गए हैं। कोई कहीं से भी कुछ भी नहीं चुरा सकता। हमारी इंडस्ट्री के काफ़ी बड़े-बड़े प्रोड्यूसर इस ग़लती का भारी ख़ामियाज़ा भुगत चुके हैं। दूसरी वजह यह कि एक ज़माने में हमारे हिंदुस्तान में सिर्फ़ एक ही टीवी चैनल दूरदर्शन हुआ करता था। लेकिन आज तीन सौ से भी ज़्यादा हैं। आज लगभग सारी अंग्रेजी फ़िल्में हमारे देश में रिलीज़ होती हैं। कई ऐसे भी चैनल हैं, जो हिंदी में डब की हुई अंग्रेजी फ़िल्में ही दिखाते हैं। ऐसे में अगर किसी हिंदी फिल्म में किसी अंग्रेजी फिल्म से कोई सीन, आइडिया या मसाला उड़ाया गया है तो उसका पता लगते देर नहीं लगती।

एक और बड़ी वजह है, आज के ज़माने में इंटरनेट पर सोशल नेटवर्किंग साइट के दौर में फ़िल्म के रिलीज होने वाले दिन ही उसकी सारी असलीयत जग-जाहिर हो जाती है। दरअसल इंडस्ट्री में किसी फिल्म लेखक के लिए मौलिक होना सबसे जरूरी है। प्रतिभा के बाद मौलकता की जरूरत ही सबसे ज्यादा पड़ती है। बाकी जो

चीज बचती है वह है परिश्रम और तकनीक। यह किताब मूलत: व्यावहारिक और तकनीकी पहलुओं पर ही केंद्रित है।

मैं इस किताब के माध्यम से आपको बताऊँगा कि पटकथा कैसे लिखी जाती है, पटकथा लिखने के क्या नियम होते हैं। पटकथा लिखने के बाद आप कैसे प्रोड्यूसर-डायरेक्टर से मिल सकते हैं, आप कैसे अपनी पटकथा बेच सकते हैं और अंत में—आप कैसे उस बिकी हुई पटकथा को पर्दे पर अपने नाम के साथ देख सकते हैं।

इस किताब में हिंदी शब्दों के साथ-साथ कई बार उनके समानार्थी शब्द भी इस्तेमाल किए गए हैं। इसकी वजह नितान्त व्यावहारिक है। वास्तव में इन हिंदी शब्दों को समझने वाले हिंदी फ़िल्म इंडस्ट्री में बहुत कम लोग हैं। अगर आपने ऐसे ज़्यादा हिंदी शब्द इस्तेमाल किए तो मुझे नहीं लगता कि कोई आपको किसी डायरेक्टर से मिलवाएगा।

सीन (दृश्य) के उदाहरण देने के लिए मैंने दो हिंदी फ़िल्में ली हैं, जो मेरे हिसाब से बेहतरीन पटकथाएँ हैं। एक है 'लगान' और दूसरी है 'सरफ़रोश'। अगर आपने ये दोनों फ़िल्में नहीं देखी हैं तो किताब शुरू करने से पहले ये दोनों फ़िल्में कम से कम दो बार ज़रूर देख लें, ताकि आपको समझने में आसानी रहे। तो शुरू करते हैं, आपके पटकथा लेखक बनने का पहला अध्याय—

2

किस चिड़िया का नाम है पटकथा

पटकथा का मतलब है परदे पर दिखने वाली कहानी, यानी जैसा आपको पट यानी परदे पर दिखाई दे। अगर अंग्रेजी में कहें तो "As it appears on the screen"। अंग्रेजी में पटकथा को स्क्रीनप्ले कहा जाता है।

फ़िल्म निर्माण एक साझा प्रयास होता है, जो अनेक लोगों की कलाकारी और क़ाबिलीयत पर निर्भर करता है। लेकिन इनमें सबसे महत्त्वपूर्ण होती है पटकथा। मैं यहाँ 'कहानी' शब्द की बजाय पटकथा शब्द का इस्तेमाल कर रहा हूँ, क्योंकि कहानी कितनी भी अच्छी क्यों न हो, अगर आपने उसे सही ढंग से नहीं दर्शाया तो वह बेमतल हो जाएगी। किसी भी कहानी को फिल्म की चाक्षुष जरूरत के हिसाब से व्यवस्थित किया जाना जरूरी होता है। इस दृष्टिकोण से कहानी पटकथा का ही एक हिस्सा है। एक पूरी पटकथा दरअसल कई सारे तत्त्वों से मिलकर बनती है। वो तत्त्व हैं :

(1) कहानी

(2) सीन

(3) कैरेक्टर-किरदार

(4) भावनाएँ (Emotions)

(5) द्वन्द्व (Conflicts)

अगर आप उपन्यास लिखने की कोशिश कर रहे हैं तो आपके ऊपर कोई बंदिश नहीं होती, पूर्वोक्त तत्त्वों को अपने हिसाब से अपने उपन्यास में दिखा सकते हैं। पटकथा में यह छूट नहीं मिल सकती। पटकथा लिखने का एक तरीक़ा है, और आपको एक निश्चित संख्या के पृष्ठों में एक निश्चित चीज़ बतानी होती है। यह किसी भी पटकथा लेखक के लिए सबसे बड़ी चुनौती है।

कहानी का विषय कितना भी दिलचस्प क्यों न हो, यह सिर्फ़ पटकथा ही तय करेगी कि उस विषय पर कितनी अच्छी फ़िल्म बन सकती है।

एक अच्छी पटकथा लिखने से पहले कुछ अच्छी पटकथाएँ पढ़ लेना वक्त की

बरबादी नहीं मानी जा सकती। अच्छा होगा लिखना शुरू करने से पहले आप बहुत सारी पटकथाएँ पढ़ लें। बहुत सारी वेबसाइटें है, जहाँ आप अंग्रेजी और बाक़ी दूसरी भाषाओं में लिखी गई पटकथाएँ डाउनलोड कर सकते हैं। अधिक से अधिक पटकथाएँ पढ़ने से आपको पटकथा के बारे में सही अंदाज़ा हो जाएगा। www.simplyscripts.com और www.script-o-rama.com पर जाकर आप दुनिया भर की हिट फ़िल्मों की स्क्रिप्ट डाउनलोड कर सकते हैं। ऐसा करना आपके लिए काफ़ी फ़ायदेमंद रहेगा। सफल फिल्मों की पटकथा पढ़ने से आपको पटकथा लिखने के ढंग का एक स्पष्ट अनुमान हो सकेगा।

क्या कोई बहुत ही बुरी फ़िल्म देखकर सिनेमा हॉल से बाहर निकलते वक्त आपके मन में कभी यह ख़याल आया है कि उससे बेहतर तो आप भी लिख सकते थे। इसी तरह कोई बहुत ही बढ़िया फ़िल्म देखकर निकलते वक्त क्या आपको कभी यह लगा है कि यह तो काफ़ी आसान सी फ़िल्म थी, ऐसा तो मैं भी लिख सकता था। ऐसा सोचना ग़लत है।

फ़िल्मों में कहानियाँ लिखने से पहले, मैं भारतीय नौसेना में था। नौसेना में पहुँचकर मुझे बिल्कुल नया अनुभव हुआ। इस दौरान मैंने दुनिया देखी, अलग-अलग तरह के लोगों से मिला। मैंने जो थोड़ी-बहुत चीज़ें पढ़ीं, वो भी मैं नौसेना की नौकरी की वजह से ही पढ़ पाया। फ़ौज के अफ़सरों का एक शौक होता है, और वो है गोल्फ़ खेलना। हमें यह खेल बड़ा अजीब लगता था। हम सोचते थे कि ये भी कोई खेल है। गेंद को ज़मीन पर गाड़े हुए एक स्टैंड पर रखो, एक गोल्फ़ क्लब लो और फ़टके मार-मार कर होल में डालने की कोशिश करो। एक बार मैंने अपने साहब से हिम्मत करके पूछ ही लिया, सर आपको क्या मज़ा आता है ऐसे खेल में, जिसमें ना कोई काम करना पड़ता है और ना ही कोई दिमाग़ लगाना पड़ता है। कमांडर राघवेंद्र बिलिया साहब का हर काम करने का तरीक़ा बहुत ही अनोखा था। दूसरे दिन उन्होंने मुझे अपनी गाड़ी में बिठाया और मुझे कोलाबा के युनाइटेड सर्विसेज क्लब ले गए। वहाँ उन्होंने मुझसे कहा कि ये रही गेंद, ये गोल्फ़ क्लब का सेट, ये है ग्रीन और जहाँ पर वो झंडा दिखाई दे रहा है, वहाँ पर ज़मीन में एक गड्ढा है। कोशिश करके देख लो, अगर तुमने चार बार अपने गोल्फ़ क्लब का इस्तेमाल करके गेंद को गड्ढे में डाल दिया तो तुम्हें मैं आज ही पंद्रह दिन की कैजुअल छुट्टी की परमिशन दे दूँगा और अगर तुम नहीं कर पाए तो इस पूरे साल में तुम्हें एक भी छुट्टी नहीं मिलेगी। अब छुट्टी के लिए फ़ौजी क्या नहीं करता। वो भी पूरे पंद्रह दिन। मैंने चुनौती स्वीकार कर ली, क्योंकि मैं जब उन्हें गोल्फ़ खेलते हुए देखता था तो मुझे वो खेल बहुत ही आसान और बचकाना लगता था।

उस साल मैं घर नहीं जा पाया। लेकिन मुझे जिंदगी भर के लिए एक ज़रूरी सीख मिल गई। किसी भी चीज़ के बारे में सिर्फ देखकर अपनी राय मत बनाइए।

एक बार उसको अनुभव करके देखिए, फिर अपना मकसद तय कीजिए।

पटकथा लिखना भी कुछ ऐसा ही है। जब तक आप खुद लिखने नहीं बैठेंगे, तब तक आपको अंदाज़ा नहीं हो सकता कि यह कितना आसान है या कितना मुश्किल! जिस तरह गोल्फ़ खेलने की एक सुनिश्चित तकनीक, समय-सीमा और अंग-भंगिमा है, उसी तरह पटकथा लिखने की भी कुछ सुनिश्चित तकनीकी, ढंग और नियम होते हैं।

हम सबको शतरंज के खेल के बारे में पता है। राजाओं का खेल और खेलों का राजा! शतरंज की बाज़ी खेलने के लिए किन-किन चीज़ों की ज़रूरत होती है? बिसात और मोहरे! मगर इनसे पहले दो खिलाड़ी, जो शतरंज खेलना चाहते हैं। दोनों खिलाड़ियों को शतरंज खेलने के नियम-कायदे मालूम होने चाहिए। वज़ीर कौन सी चालें चल सकता है, प्यादा किस दिशा में जा सकता है वगैरह-वगैरह। कायदा जाने बगैर शतरंज खेला नहीं जा सकता। ठीक इसी तरह, पटकथा लिखने के भी कुछ कायदे और क़ानून होते हैं, जो पटकथा लिखने वाले हर व्यक्ति को मालूम होने चाहिए। इन क़ायदों को जाने बगैर आप पटकथा नहीं लिख सकते।

सिनेमा मूल रूप से एक चाक्षुष माध्यम है—विज़ुअल मीडियम! मतलब ऐसी चीज़ जिसका लुत्फ देखकर उठाया जाता है। आप सिनेमा सुनते नहीं हैं, पढ़ते नहीं हैं बल्कि देखते हैं। बेशक सिनेमा में संवाद और संगीत भी होते हैं जो सुनने की चीज हैं, लेकिन वे दृश्यों का सहायक बनकर आते हैं। संवाद पटकथा का एक हिस्सा होते हैं। पटकथा का मतलब है दृश्यों के द्वारा कहानी! और हर कहानी में क्या होता है? एक शुरुआत, एक मध्य और एक अंत! यह तरीक़ा जिसे अंग्रेजी में 3 एक्ट कहते हैं, सदियों से चला आ रहा है। दो हज़ार साल पहले ग्रीस के अरस्तू और रोम के होरस जैसे लोग इस तरीक़े से ही अपने नाटक लिखते थे। उनका नाटक भले ही पांच अंकों में रहता था, लेकिन उनकी कहानी के सिर्फ़ तीन पहलू होते थे। शुरुआत, मध्य और अंत! यह तरीक़ा आज भी चल रहा है और चलता रहेगा। मगर यह तो कहानी का सिर्फ़ एक पहलू है। ऐसे कई पहलू हैं, जिन्हें जानकर ही एक अच्छी कहानी रची जा सकती है।

3

कहानी और पटकथा में क्या अंतर है?

एक बार आप कहानी लिखने की मूलभूत बातें समझ जाएँगे, तो उसके बाद पूरी पटकथा लिखना बहुत आसान हो जाएगा। कहानी और पटकथा में काफ़ी अंतर होता है। किसी कहानी को फिल्म में रूपांतरित करने के लिए उसकी पटकथा तैयार करनी पड़ती है। इस तरह कहानी एक स्वतंत्र चीज है, जबकि पटकथा फिल्म की जरूरत से उपजी चीज। कहानी पहले आती है और पटकथा उसके बाद। एक उदाहरण से यह बात ज्यादा स्पष्ट होगी। अगर संक्षेप में हम रामायण की कहानी सुनाएँ, तो वो कुछ इस तरह होगी :

एक राजा थे दशरथ, जो अपनी रानी कैकेयी के कहने पर अपने पुत्र राम को चौदह साल के वनवास पर भेज देते हैं। श्रीराम की धर्मपत्नी जनकपुत्री सीता और उनका छोटा भाई लक्ष्मण भी उनके साथ वनवास जाने का फ़ैसला करते हैं। जंगल में एक दिन लक्ष्मण सूर्पणखा नाम की एक राक्षसी का अपमान करते हैं, जो लंका नरेश रावण की बहन थी। रावण इस अपमान का बदला लेने के लिए सीता का धोखे से अपहरण कर लेता है और उसे लंका ले आता है। राम और लक्ष्मण पवन-पुत्र हनुमान और वानर सेना की मदद से लंका पहुँचते हैं। लंका पहुँचने के लिए समुद्र पर उन्हें सेतु बनाना पड़ता है। फिर भीषण युद्ध होता है और विभीषण की मदद से राम रावण का वध कर देते हैं।

यह तो हुई कहानी! लेकिन पटकथा के रूप में प्रस्तुत करने पर इसका स्वरूप बिल्कुल बदल जाएगा। पटकथा बिल्कुल वैसी लिखनी पड़ेगी जैसी आप इसे परदे पर दिखाना चाहेंगे। मुझे अगर रामायण की पटकथा लिखने का मौक़ा मिले, तो मैं समुद्र पर सेतु-निर्माण वाले प्रसंग को इस तरह लिखूँगा :

EXT समंदर किनारे-दिन

सूर्योदय हो रहा है। राम और लक्ष्मण समंदर की लहरों की ओर देख रहे हैं। दूर-दूर तक उन्हें वानर दिखाई देते हैं, जो हर पत्थर पर 'राम' लिखकर राम सेतु बनाने में

जुटे हैं। तभी पवन-पुत्र हनुमान उनके पास आते हैं।

हनुमान

प्रभु, सेतु लगभग तैयार हो गया है। हमें अब कूच कर देना चाहिए।

श्रीराम हनुमान की ओर प्यार-भरी नज़रों से देखते हैं, और हाँ में अपना सिर हिलाते हैं। हनुमान चले जाते हैं।

श्री राम

नौ महीने हो गए हमें अयोध्या से निकले हुए!
कितना कुछ हो गया इन नौ महीनों में! (पॉज। ख़ामोशी)।
किस हालत में होगी वो बेचारी?

लक्ष्मण श्रीराम की ओर देखते हैं, लेकिन वे कुछ बोलते नहीं। हम सीधे श्रीराम के चेहरे की ओर जाते हैं। ऐसा लग रहा है कि वे गुज़रे हुए कल के बारे मे सोच रहे हैं।

(यहाँ हम फ़्लैशबैक में जाएँगे)

फ़्लैशबैक शुरू।

INT राजा जनक का महल-दिन

राजा जनक अपने सिंहासन पर बैठे हैं। उनके सामने दो कतारों में बड़े-बड़े राजा, महाराजा और सूरमा बैठे हैं। ठीक बीच में एक विशाल धनुष रखा है, जिसकी डोर (प्रत्यंचा) चढ़ी हुई नहीं है। राजा जनक सभी सूरमाओं की ओर देख रहे हैं, मानो मन ही मन सोच रहे हैं कि 'इनमें से कौन मेरी पुत्री से विवाह करेगा' तभी उनकी नज़र मुनिवर श्री विश्वामित्र पर पड़ती है, जो राम और लक्ष्मण के साथ दरबार में प्रवेश करते हैं। जैसे ही मुनिवर पास आते हैं, राजा जनक खड़े होकर उनका चरण-स्पर्श करते हैं। राम और लक्ष्मण भी राजा जनक के पैर छूते हैं।

विश्वामित्र

महाराज, मैंने सुना है कि आप अपनी पुत्री जानकी
का स्वयंवर रचा रहे हैं, इसीलिए मैं अयोध्या के राजा
श्री दशरथ के पुत्र राम को इसमें भाग लेने के लिए लाया हूँ।

राजा जनक के चेहरे पर एक मुस्कुराहट आ जाती है। वे इशारे से राम और लक्ष्मण को अपने आसन पर बैठने को कहते हैं।

आइए, अब हम ऊपर लिखे गए दोनों दृश्यों का विश्लेषण करें।

कहानी की शुरुआत हुई है और हमने दो सीन बताए हैं। एक सीन वर्तमान का है और एक सीन अतीत का है। हमने कहानी की शुरुआत वहाँ से की है, जहाँ वानरसेना राम सेतु बना रही है और लंका की ओर कूच करने की तैयारी कर रही है।

यहाँ से हम अतीत में जाते हैं। दूसरा सीन राजा जनक के दरबार का है, जहाँ वे अपनी पुत्री सीता का स्वयंवर रचा रहे हैं। अब ये आपके हाथों में है कि आपको कितना और कैसा अतीत दिखाना है। कहानी शुरू हुई है लंका की ओर कूच करने से, लेकिन वो हालात क्या थे, जिनकी वजह से उन सभी को यहाँ तक आना पड़ा? क्या-क्या हुआ था, कब-कब हुआ था? उसे एक रोमांचक तरीके से दर्शाना एक अच्छे पटकथा लेखक की निशानी है।

हमने अपने पहले सीन में लिखा है कि दूर-दूर तक वानर सेना सेतु बनाने में लगी हुई है। हमें यहाँ यह लिखने की ज़रूरत नहीं है कि हर पत्थर कम से कम 10 किलो का है और वो 2' × 2' फ़ीट का है। यह सब लिखना बेकार होगा क्योंकि जब फ़िल्म की शूटिंग होगी, तब ना तो कोई असली पत्थर का इस्तेमाल करेगा और ना ही कोई आपके लिखने से 2' × 2' फ़ीट के नकली पत्थर आर्ट डिपार्टमेंट से बनावाएगा। यह तय करना आर्ट डिपार्टमेंट और डायरेक्शन डिपार्टमेंट का काम है कि पत्थर का साइज़ क्या होगा।

हमने कहा है कि सूर्योदय हो रहा है। तो अब आपको यहाँ सूर्योदय का वर्णन करने की ज़रूरत नहीं है और ना ही आपको यह बताने की ज़रूरत है कि समंदर की लहरें नीले रंग की हैं या हरे रंग की या मटमैले रंग की! वो इस बात पर निर्भर करता है कि शूटिंग करने की इजाज़त कहाँ मिलेगी, वो किस मौसम में होगी और कहाँ पर होगी। आप आसान शब्दों में सिर्फ़ ज़रूरत की चीज़ ही लिखें।

हमने पटकथा में लिखा है कि 'राम' और 'लक्ष्मण' समंदर की ओर देख रहे हैं, लेकिन सोच लीजिए कि अगर कोई ऐसा व्यक्ति आपकी पटकथा पढ़ रहा है, जिसे रामायण के बारे में कुछ मालूम नहीं है तो उसे कैसे पता चलेगा कि राम कौन है और लक्ष्मण कौन है! आपको अपनी फ़िल्म के सभी किरदारों को ठीक से पहचान देनी चाहिए। जो भी आपकी पटकथा सुन रहा है या पढ़ रहा है, उसे कभी यह पूछना ना पड़े कि 'इनमें से राम कौन है?'

अब श्री राम कहते हैं 'नौ महीनों में कितना कुछ हो गया!' ऐसा हमने क्यों लिखा? रामायण की कहानी सभी को मालूम है। हम उसे बचपन से सुनते आ रहे हैं, इसलिए हमें पता है कि अयोध्या से वनवास के दौरान ही रावण सीता का हरण करता है और फिर श्री राम वानर सेना लेकर लंका जाते हैं।

मैंने नौ महीने की बात आपकी परीक्षा लेने के लिए लिखी है। मुझे अभी तक मालूम नहीं है कि अयोध्या से निकलने के कितने महीने बाद रावण ने सीता का हरण

किया था और उनके अपहरण के कितने समय बाद वानर सेना लंका की ओर कूच करती है।

अगर वो पंक्ति पढ़कर आपके मन में तुरंत ख़याल नहीं आया कि 'अयोध्या से निकलने के कम से कम नौ साल बाद ऐसा हुआ था', तो इसका मतलब या तो आपको रामायण के बारे में पता नहीं है या फिर आपने इस पर ठीक से गौर नहीं किया। वास्तव में कहानी के तमाम हिस्सों का टाइम फ्रेम एकदम लॉजिकल (तार्किक) होना चाहिए। अगर मैं रामायण की पटकथा लिखने बैठूँगा तो सबसे पहले टाइम फ्रेम सुनिश्चित करूँगा। किस घटना के कितने समय बाद कौन सी घटना घटी। हो सकता है इसका कहानी से कोई लेना-देना ना हो, लेकिन यह मेरी जानकारी के लिए जरूरी है। अब अगर मैंने बगैर सोचे-समझे यह नौ महीने वाला डायलॉग डाल दिया होता और आपको पता होता कि यह अयोध्या से निकलने के कम से कम नौ साल बाद हुआ था, तो आप लेखक के बारे में क्या सोचते? ठीक उसी तरह अगर सोचे-समझे बगैर आप कुछ भी लिख देंगे तो जिसे आप अपनी पटकथा सुना या पढ़ा रहे हैं,वो आपके बारे में राय बना लेगा कि 'इसे कहानी लिखना नहीं आता!' फिर वो आपकी कहानी की ओर ध्यान नहीं देगा। इसलिए सोचे-समझे बगैर कुछ भी मत लिखें।

कहानी में 'नौ महीने' प्रयोग करके हम यह दिखाना चाहते थे कि राम-लक्ष्मण को अयोध्या से निकले हुए कितना समय बीत चुका है। नौ महीने, नौ साल या कुछ और!

नौ महीने की बात करने के बाद श्री राम पूछते हैं 'किस हालत में होगी वो बेचारी!'

इस से क्या साबित होता है? 'बेचारी से' जाहिर है कि उनका मतलब सीता जी से है। वे उनके बारे में सोच रहे हैं। कोई इंसान जब कोई वाक्य बोलता है, तो उसके बोलने के ढंग से एक ही वाक्य के कई अलग-अलग मतलब निकलते हैं। यहाँ हम श्री राम की सीता जी के प्रति चिंता दिखा रहे हैं। सीधी-सी बात है! हमें मालूम है कि रावण सीता को उठा ले गया है, उसने उन्हें अशोक वाटिका में रखा है और श्री राम को यह बात मालूम है, तो उन्हें उनकी चिंता होगी ही!

ठीक इसी सीन के बाद हम फ़्लैशबैक में चले जाते हैं। जब भी हम वर्तमान से अतीत में जाते हैं, तो दोनों कालों में वर्णित प्रसंगों के बीच कोई ना कोई कनेक्शन होना चाहिए जो वर्तमान और भूतकाल के बीच फैले इस प्रसंग को जोड़ सके। यहाँ वो कड़ी हैं सीता जी!

अभी तक उनका सिर्फ़ ज़िक्र हुआ है और वो भी उनका नाम लिए बगैर!

फ़्लैशबैक वाला सीन राजा जनक के दरबार का है, जहाँ वे अपनी पुत्री सीता का स्वयंवर रचा रहे हैं।

सीन में हमने कहीं भी यह नहीं लिखा है कि स्वयंवर हो रहा है। अगर दरबार की सजावट से किसी को यह अंदाज़ा हो जाता है तो कोई बात नहीं। लेकिन 'सीता जी का स्वयंवर हो रहा है' ऐसा हमने नहीं लिखा। हमने वह लिखा जो दर्शकों को स्पष्ट कर सके कि क्या हो रहा है।

स्वयंवर की बात दर्शकों को कैसे पता चलती है? जब मुनि विश्वामित्र जनक के दरबार में आते हैं, तो उन्हें अयोध्या के राम से मिलवाते हैं। यहाँ हमने ऋषि विश्वामित्र की राजा जनक के साथ होने वाली बातचीत से यह स्थापित कर दिया कि सीता का स्वयंवर है और उनके साथ जो आया है वह अयोध्या के राजकुमार राम हैं।

यह तरीक़ा होता है पटकथा लिखने का! कहानी में जिस बात का जिक्र एक पंक्ति में पूरा हो गया था, पटकथा में उस बात को लाने के लिए इतनी बातें लिखनी पड़ी। फिर आपने देखा कि सिर्फ दो सीन लिखने के लिए ही कितना सोचना पड़ा, कितनी बारीकियों का ख़याल रखना पड़ा! ये तो सिर्फ़ दो ही सीन हैं! ऐसे तक़रीबन 125 सीन और हैं, जिन्हें लिखने के बाद आपकी पटकथा का पहला ड्राफ़्ट तैयार होगा।

एक बात और, पटकथा दर्शक के लिए नहीं लिखी जाती। उसे किसी डायरेक्टर या प्रोड्यूसर के लिए लिखा जाता है। किसी पटकथा को पढ़ने या सुनने के बाद वे अनुमान लगाते हैं कि अगर वो इस विषय पर फ़िल्म बनाएँ तो वो कैसी होगी।

तो यह कहना ग़लत नहीं होगा कि आपकी लिखी हुई पटकथा किसी और के लिए एक रेफ़रेंस प्वॉइंट है, जिसकी मदद से वे लोग इस विषय पर दो-ढाई घंटे की एक फ़िल्म बनाएँगे।

4

एक कहानी में क्या होना ज़रूरी है?

किसी भी कहानी में एक मुख्य किरदार होना ज़रूरी है। अंग्रेजी में उसे प्रोटेगोनिस्ट और हमारी फ़िल्म इंडस्ट्री में उसे हीरो कहते हैं।

अगर हम 'लगान' देखें तो उका हीरो 'भुवन' है और 'सरफ़रोश' का 'एसीपी राठौर' है। यह बात सच है कि 'लगान' में भुवन के अलावा दस लोग और भी हैं और 'सरफ़रोश' में भी 'एसीपी राठौर' के साथ इंस्पेक्टर सलीम वगैरह हैं। लेकिन इसमें कोई शक़ नहीं है कि हीरो सिर्फ़ भुवन और एसीपी राठौर हैं। तो यह याद रहे कि एक कहानी में हीरो एक ही होना चाहिए। इससे आपको कहानी बनाने में आसानी रहेगी।

जैसे हीरो एक ही होना चाहिए, उसी तरह विलेन यानी एंटेगोनिस्ट या खलनायक भी फ़िल्म में एक ही होना चाहिए। 'लगान' में वो 'कैप्टन रसेल' था और 'सरफ़रोश' में 'गुलफ़ाम हसन'!

आपकी कहानी मज़ेदार तभी बनेगी जब आपके हीरो और विलेन में दुश्मनी या रंजिश बढ़ेगी। आपकी फ़िल्म तभी उभरकर आएगी, जब आपके हीरो और आपके विलेन दोनों को कुछ ऐसा हासिल करना है जो दोनों के लिए बहुत अहम है। अब यह चीज़ चाहे जो भी हो, उसे हासिल करने के लिए जो खेल आपके हीरो और विलेन के बीच होगा, वही आपकी फ़िल्म का मुख्य भाग होगा। इसी हिस्से से तय होगा कि आपकी फ़िल्म दिलचस्प होगी या उबाऊ।

'लगान' में भुवन और उसके दल के लिए बहुत ज़रूरी है कि वो क्रिकेट का मैच जीतें ताकि उनका तीन साल का लगान माफ़ हो सके, और 'कैप्टन रसेल' के लिए इतना ही ज़रूरी है कि भुवन का दल यह मैच हारे क्योंकि अगर ऐसा नहीं हुआ तो उसे अपनी जेब से तीन साल का लगान भरना पड़ेगा और उसकी बहुत बेइज़्ज़ती होगी। जिस समय यह शर्त लग गई, उसी पल यह कहानी मज़ेदार बन गई। इसे हम हीरो और विलेन के बीच का कन्फ्लिक्ट यानी द्वन्द्व या रंजिश कहेंगे।

रंजिश है तो कहानी में नाटकीयता (ड्रामेबाज़ी) पैदा होती है, जो मनोरंजन के लिए जरूरी चीज है।

हम फ़िल्में देखने क्यों जाते हैं? मनोरंजन के लिए! बेशक और भी वजहें हो सकती हैं, लेकिन फ़िल्में सबसे पहले मनोरंजन का एक जबर्दस्त माध्यम हैं। कोई फिल्म-निर्माता इस तथ्य को नजरअन्दाज नहीं कर सकता। अगर फ़िल्म में मनोरंजन नहीं है तो कोई आपकी फ़िल्म देखने क्यों आएगा? मनोरंजन से मेरा मतलब सिर्फ़ नाच-गाने या मारधाड़ या द्विअर्थी या अश्लील संवादों से नहीं है। कोई भी अच्छी फ़िल्म एक पूरा पैकेज होती है, जिसमें उचित मात्रा में वे सारे तत्त्व होते हैं जिन्हें मिलाकर ढाई घंटे की एक मनोरंजक फ़िल्म बनती है। इसके बावजूद एक अच्छी फ़िल्म में सबसे महत्त्वपूर्ण चीज़ होती है उसकी कहानी! अगर कहानी ही दिलचस्प नहीं है तो पूरी फ़िल्म में चाहें कितने भी पैंतरे आज़माए जाएँ, दर्शकों को मज़ा नहीं आएगा।

और एक अच्छी कहानी में निम्नलिखित चीजों का होना जरूरी है—

(1) एक पसंदीदा नायक (जिसे हम फ़िल्म का हीरो कहेंगे जो दर्शकों का प्यार पा सके)

(2) एक ऐसा खलनायक, (जिससे हमारे दर्शक नफ़रत करें और दुआ करें कि हीरो के मंसूबे क़ामयाब हों)

(3) नायक और खलनायक के बीच में रंजिश

(4) भावुकता यानी इमोशंस

हाँ, एक और बात का ध्यान रखना जरूरी है। खलनायक से मेरा मतलब सिर्फ़ इंसान से ही नहीं है। फ़िल्मों में हालात भी खलनायक होते हैं। कुदरती प्रकोप जैसे बाढ़ और सूखा भी कभी-कभी खलनायक की भूमिका निभाते हैं और हमारे हीरो को बस इस खलनायक को हराना है और ऐसे हराना है कि दर्शक यक़ीन कर सकें और सहमत हो जाएँ कि हाँ, ऐसा हो सकता है! अगर आपने यह कर लिया तो आपको एक क़ामयाब पटकथा लेखक बनने से कोई रोक नहीं सकता। हर अच्छी कहानी की ख़ासियत होती है कि उसमें खूब रंजिश होगी। ज़रूरी नहीं है कि वो रंजिश सिर्फ़ हीरो और विलेन के बीच ही हो। इंसान की रंजिश अपने ख़यालों और अपने हालात के साथ भी होती है और अपने चाहने वालों के साथ भी होती है। लेकिन रंजिश होती ज़रूर है। दरअसल रंजिश कहानी में तनाव पैदा करती है। तनाव से नाटकीयता बढ़ जाती है। ये सब चीजें दर्शकों की उत्सुकता बढ़ा देती है। रंजिश नहीं तो ड्रामेबाज़ी नहीं, ड्रामेबाज़ी नहीं तो कहानी नहीं और कहानी नहीं तो पटकथा नहीं! इस वाक्य को आप अपना गुरुमंत्र बना लीजिए, क्योंकि इस गुरुमंत्र पर ही आपकी सारी कहानियाँ निर्भर करेंगी।

5

कुछ ज़रूरी कायदे

दर्शक आपका भगवान है

सिनेमा दर्शकों के लिए होता है। अगर आप एक चित्रकार हैं और आपने कोई पेंटिंग बनाई है, और उसका एक भी खरीदार मिल जाता है तो वह सालों तक सुरक्षित रहेगी। मगर फ़िल्मों के साथ ऐसा नहीं होता। एक जन-माध्यम के बतौर किसी फ़िल्म की क़ामयाबी इस बात पर निर्भर करती है कि उसे ज़्यादा से ज़्यादा दर्शक देखें। लेकिन सच तो यह है कि जब आप कोई फ़िल्म लिखने बैठते हैं तो आप यह बिल्कुल नहीं कह सकते कि आप अपनी कहानी को कभी परदे पर साकार होते हुए देख भी पाओगे या नहीं! अगर आपकी कहानी बिक जाती है तो भी इस बात की कोई गारंटी नहीं है कि उसकी शूटिंग शुरू होगी और अगर शूटिंग भी हो जाती है तो भी कोई गारंटी नहीं कि आपकी फ़िल्म रिलीज़ होगी ही! रिलीज़ होने के बाद फ़िल्म का हिट होना और आपके काम की तारीफ़ होना तो और भी दूर की बात है!

एक अच्छे कहानीकार की यही ख़ासियत होती है कि वह कभी हार न माने। अपने काम पर भरोसा रखे कि वह जो लिख रहा है उसे किसी दिन कोई अदाकार अदा करेगा, कोई एडिटर उसे एडिट करेगा और कोई डिस्ट्रीब्यूटर उसे दर्शकों तक पहुँचाएगा। अगर लेखक के अंदर थोड़ा-बहुत जुनून है, तो कई वजहों से वह उसके लिए फ़ायदेमंद साबित हो सकता है।

एक पटकथा लेखक के लिए एक ही गुरुमंत्र है। गुरुमंत्र यह कि 'अपने दर्शकों को कभी बोर मत करो। उनका मनोरंजन करो।' अगर आपको लगता है कि आपका दिमाग़ और आपकी सोच हमारी हिंदी फ़िल्मों के दर्शकों से बहुत अलग है तो यह उम्मीद न करें कि दर्शक आपकी सोच के स्तर तक आ जाएँगे। आपको दर्शकों की सोच और उनकी पसंद तक जाना पड़ेगा। इसलिए यह बात गाँठ बाँध लें कि आपकी कहानी ऊबाऊ नहीं होनी चाहिए।

ऐसी कहानी लिखिए कि आपके दर्शक कड़कती सर्दी में या तेज़ बारिश में भी

सिनेमा हॉल तक खिंचे चले आएँ और अपनी मेहनत की कमाई खर्च करके भी आपकी कहानी देखने का मज़ा लें।

यहाँ एक सवाल उठता है कि यदि 'मनोरंजन' ही किसी अच्छी कहानी के लिए जरूरी शर्त है और यह कोई गोपनीय जानकारी नहीं है, तब भी हमारी फ़िल्म इंडस्ट्री में सिर्फ़ गिने-चुने सफल लेखक ही क्यों हैं ? ऐसे हैं जो अपने लेखन की बदौलत ठीक-ठाक जीवन बसर कर रहे हैं ? इस सवाल का कोई आसान जवाब नहीं हो सकता।

मगर इस सन्दर्भ में एक चीज जानना जरूरी है। बहुत सारे लेखक यह मानते हैं कि उनको कहानी लिखते समय दर्शकों के स्तर तक नहीं उतरना चाहिए। ऐसा करते हुए उन्हें लगता है कि वे अपनी कला के साथ बेईमानी कर रहे हैं। बेशक कोई लेखक यह तय करने के लिए स्वतंत्र है कि वह क्या लिखेगा और क्या नहीं। लेकिन फिल्म इंडस्ट्री में एक पेशेवर कहानी-लेखक के लिए दर्शकों को किनारे रखकर कहानी लिखना संभव नहीं है।

आप अपने जेहन में यह बात बिठा लीजिए कि आपका वजूद दर्शक की वजह से है, दर्शक का वजूद आपकी वजह से नहीं है। दर्शक को बेवकूफ़ मत समझिए। दर्शक ही इस बात को तय करता है कि आपकी फ़िल्म अच्छी है या बुरी!

इस बात में कोई बुराई नहीं है कि आपने 'देल्ही बेली' या 'क्या कूल हैं हम' जैसी फ़िल्म बनाई और उसे दर्शकों ने ख़ूब पसंद किया। बाक़ी लोग जो चाहे कहते रहें!

दरअसल किसी भी फिल्म लेखक को अपने दर्शकों का मनोरंजन करने से बचना नहीं चाहिए।

सेक्स और मारधाड़

क्या यह ज़रूरी है कि आपकी फ़िल्मों में सेक्स हो ? बिल्कुल नहीं! लेकिन यह बात भी सच है कि अब तक ज़्यादातर फ़िल्में जो हिट हुई हैं, उनमें काफ़ी मात्रा में सेक्स और उत्तेजक सामग्री मौजूद रहीं।

सेक्स की बात छोड़िए! क्या हर फ़िल्म में मारधाड़ होनी चाहिए ? मारधाड़ ना सही, रंजिश कह लीजिए या तनाव कह लीजिए। बेशक बहुतेरी फिल्मों के प्रचार में 'मारधाड़ और रोमांस से भरपूर' का जुमला चस्पां किया जाता रहा है, लेकिन सेक्स हो, रोमांस हो या मारधाड़, फिल्म में इनकी मौजूदगी कहानी की माँग के अनुरूप ही होनी चाहिए। शालीनता के चक्कर में कहानी की स्वाभाविकता से और मनोरंजन के चक्कर में अश्लीलता से समझौता करने के एक समान नतीजे होते हैं। किसी भी पटकथा के लिए इस समीकरण को समझना जरूरी है।

यह कतई जरूरी नहीं है कि आपकी कहानी में सिर्फ़ लड़ाई हो और आपके

किरदार एक दूसरे को मार ही रहे हों। ना ही यह ज़रूरी है कि आपकी फ़िल्म में शुरू से अंत तक बेडरूम के अन्दर के दृश्य ही आते रहें। लेकिन इस बात में दो राय नहीं है कि आपकी कहानी के हर सीन में तीक्ष्ण, सशक्त और प्रचंड आवेग (इमोशन) की पराकाष्ठा होनी चाहिए।

आपको यह बात पसंद हो या ना हो, पटकथा लेखक अपने दर्शकों की नज़र में तभी आते हैं जब उन्होंने अपनी फ़िल्मों में कहानी की स्वाभाविकता से तालमेल बनाते हुए बहुत सफलतापूर्वक हिंसा और सेक्स दिखाया हो। कहानी में इसके अलावा और भी बहुत कुछ होता है लेकिन सबसे पहले ये दोनों बातें होती हैं। आप हाल फिलहाल की कोई भी हिट फ़िल्म उठा कर देख लीजिए।

क्या ऐसा कभी होता है!

एक अच्छी पटकथा की यह ख़ासियत होती है कि आपको कभी भी, किसी भी सीन में ऐसा ना लगे कि 'ऐसा थोड़े ही होता है!!!'

फ़िल्में मनोरंजन का एक ऐसा माध्यम हैं, जहाँ सब कुछ कृत्रिम होता है। अगर परदे पर आप कोई बड़ा सा बंगला देख रहे हैं, तो वह सिर्फ़ आपको ऐसा दिखाने के लिए ही होगा। वास्तव में वो प्लाईवुड का एक ढाँचा ही होगा। फिर उस बंगले के अंदर का कोई सीन होगा, तो वह कहीं और शूट किया गया होगा और शूटिंग के बाद दोनों लोकेशन के दृश्यों को इस तरह जोड़ दिया जाएगा कि आपको फ़र्क़ पता ही नहीं चलेगा। फ़िल्में नकली होती हैं। फ़िल्म की कहानियों में जो घटनाएँ होती हैं वे अमूमन एक आम इंसान की ज़िंदगी में नहीं होतीं। आप में से कितने लोगों ने सरे बाज़ार अपहरण होते हुए देखा है? कितने लोग ऐसे किसी छात्र नेता को जानते हैं, जो एक खूँखार डॉन बन जाता है? मान लिया कि होंगे लेकिन ऐसे कुछेक ही होंगे। आम लोगों की ज़िंदगी में ऐसी घटनाएँ नहीं होतीं। इसलिए एक फिल्म लेखक के लिए सबसे बड़ी चुनौती यही है कि वह ऐसी कहानी लिखे जो आम लोगों की ज़िंदगी में ना हो, फिर भी उन्हें कभी ऐसा ना लगे 'क्या ऐसा कभी होता है!' जब वे लोग आपकी कहानी देखें तो वे आपकी कहानी से सहमत हों। यहाँ मैं आपको 'लगान' की कहानी की मिसाल देता हूँ।

यह सुनने में कैसा लगता है कि एक गाँव के बाशिंदे अंग्रेज छावनी से क्रिकेट मैच खेलने की शर्त लगा बैठते हैं, जबकि उनमें से किसी ने अपनी ज़िंदगी में कभी क्रिकेट का बल्ला छूकर भी नहीं देखा। फिर वे लोग मैच खेलते हैं और जीत जाते हैं।

लेकिन 'लगान' देखते वक़्त, क्या किसी भी क्षण आपको यह लगा कि 'ऐसा कभी होता है क्या!' नहीं! क्यों? क्योंकि उसे बेहद विश्सनीय तरीके से फ़िल्माया गया था, आप अपने मन में इस बात से सहमत थे कि ऐसा हो सकता है। यही एक अच्छे लेखक की पहचान है।

इस चीज को अंग्रेजी में कहते हैं 'विलफ़ुल सस्पेंशन ऑफ़ डिसबिलीफ़' यानी आप फ़िल्म देखने के दौरान अपने मन से सहमत हों कि ऐसा हो सकता है।

भाव (इमोशंस)

किसी भी कहानी में सबसे ज़रूरी चीज़ होती है भाव! अगर आपकी कहानी में भाव नहीं हैं, तो फिर वह दर्शक के दिल को छू नहीं सकती। दर्शक को प्रभावित करने में नाकाम कहानी का फिर कोई मतलब नहीं रह जाएगा। भाव से मेरा मतलब सिर्फ़ माँ-बेटे का प्यार या भाई-बहन का प्यार नहीं है, बल्कि भाव में क्रोध भी हो सकता है, हास्य भी हो सकता है और प्रेम भी हो सकता है।

रामायण और महाभारत दो ऐसी कहानियाँ हैं, जिनमें एक अच्छी कहानी के सारे तत्त्व मौजूद हैं। इनमें नायक है, खलनायक है, रंजिश है, भावुकता है और लड़ाई है। इन्हीं चीज़ों को जोड़कर तो एक अच्छी कहानी बनती है, जो लोगों को बरसों-बरस याद रहती है। यही कारण है कि ये दोनों कहानियाँ हज़ारों सालों से चल रही हैं।

6

कहानी का विषय कैसे तय करें?

मैंने कई लेखकों को देखा है, जो कहानी के चक्कर में अंग्रेजी या अन्य किसी भाषा की फ़िल्में देखते हैं और उनमें से कुछ लोग किसी प्रोड्यूसर को फ़िल्म बनाने के लिए राज़ी भी कर लेते हैं लेकिन ऐसी फ़िल्में ज़्यादातर चल नहीं पातीं। हमारी सोच अंग्रेजों से बिल्कुल भिन्न है। हमारी सभ्यता और संस्कृति भी उनसे काफ़ी अलग है। मैं यह बात आपको एक मज़ेदार उदाहरण देकर समझाता हूँ।

एक बार हम लेखकों का सम्मेलन हो रहा था, जिसमें अमेरिका और इंग्लैंड के भी कुछ लेखक भाग ले रहे थे। उन्होंने बहुत सारी हिंदी फ़िल्में देखी हुई थीं और उन्होंने एक फ़िल्म पर खास चर्चा की। उस फ़िल्म का नाम था 'मदर इंडिया'। नाम से ही इस फिल्म की विषय-वस्तु का काफी कुछ अन्दाजा हो जाता है। तभी एक अमेरिकी लेखिका कहने लगी कि यह फ़िल्म एकदम बकवास है! जिसने भी यह फ़िल्म लिखी है, उसने फ़िल्म के मुख्य कैरेक्टर यानी हीरोइन (स्वर्गीय नरगिस दत्त) का किरदार उभारने पर ढंग से ध्यान ही नहीं दिया। वह किरदार अपने आप में विरोधाभासी है यानी ख़ुद को ही ग़लत साबित करता है। जाहिर है कि हम हिंदुस्तानी लेखक इस बात से थोड़े उत्तेजित थे, क्योंकि हमारी नजर में मदर इंडिया में तो फ़िल्म के लेखक श्री अली रज़ा और वजाहत मिर्ज़ा ने एक हिंदुस्तानी औरत और एक माँ का चरित्र-चित्रण बड़े अच्छे ढंग से किया था। नरगिस ने अपनी शानदार अदाकारी से उस किरदार में चार चाँद लगा दिए थे। थोड़ी देर बाद जब सबका ग़ुस्सा शांत हो गया और जब इस विषय पर थोड़ी और चर्चा हुई, तो अमेरिकी लेखिका का नज़रिया समझ में आ गया। उस लेखिका का कहना था कि यह औरत (नरगिस) कितनी कठोर है! उसके घर में खाने को दाना तक नहीं है और जब सुखी लाला उससे कहता है कि मुझसे शादी कर ले तो वह क्यों नहीं करती? अगर वह शादी कर लेती तो उसके बच्चों को खाना नसीब हो जाता, वे स्कूल जा पाते। ऐसा ना करके क्या वह अपने बच्चों की दुश्मन साबित नहीं हुई? वो लेखिका यह बात समझने को बिल्कुल भी तैयार नहीं थी कि एक पतिव्रता हिंदुस्तानी नारी ऐसा कभी नहीं कर सकती।

अमेरिकी लेखिका की दलील थी, एक तरफ़ तो आप बता रहे हो कि वो अपने बच्चों के लिए कितनी क़ुर्बानियाँ दे रही है, तो दूसरी ओर क्या वो अपने बच्चों के बेहतर भविष्य के लिए सुखी लाला से शादी नहीं कर सकती? लाला तो कह रहा है कि 'रानी बनाकर रखूंगा!' उनका स्पष्ट निष्कर्ष था—किरदार के कैरेक्टर में बिल्कुल भी सामंजस्य नहीं है।

यह बात सच है कि हमारी औरतों को काफ़ी समझौते करने पड़ते हैं लेकिन फिर भी हमें यह बात बिल्कुल हजम नहीं होती कि एक औरत ऐसा करेगी। हमारी सभ्यता में औरत या माँ त्याग की मूरत ही होनी चाहिए। तो यह फ़र्क है हमारी और उनकी सोच में!

किसी भी नए पटकथा लेखक की सबसे बड़ी समस्या होती है 'कहानी क्या होनी चाहिए'। कई लेखक यह सोचने में ही वक़्त निकाल देते हैं। यह सवाल सामने आने पर 99 फ़ीसदी नए लेखक किसी ना किसी अंग्रेजी फ़िल्म, किसी अंग्रेजी उपन्यास या फिर अपने ही किसी उपन्यास या किसी पौराणिक कहानी को आज के ज़माने में ढालने (कंटंपरेरी बनाने) की कोशिश करते हैं। लेकिन ऐसा करना सफलता की गारंटी नहीं है। कहानी खोजने का एक बहुत ही सीधा और आसान तरीका है।

कहानी को खोजने की कोशिश मत करो। बस अपने आँख और कान खुले रखो और कहानी ख़ुद तुम्हें खोज लेगी।

आप अख़बार पर बारीक नजर रखें। उनमें आपको रोज़ ऐसे-ऐसे किस्से मिलेंगे, जिन पर फ़िल्म बनाई जा सकती है। आप अपनी मोटरसाइकिल लेकर निकल पड़िए, लोगों से बात कीजिए। मैं दावे के साथ कह सकता हूँ कि आपको कई ऐसी कहानियाँ मिलेंगी, जिनसे प्रेरित होकर आप एक बढ़िया पटकथा लिख सकते हैं।

एक बढ़िया और अनूठे विषय पर पटकथा लिखना जितना मुश्किल है, उससे भी ज़्यादा मुश्किल है उस पटकथा को किसी प्रोडक्शन हाउस या प्रोड्यूसर को बेचना!

अगर 'लगान' फ़िल्म की ही बात करें, तो ज़रा सोचिए कि अगर आपके पास कोई एक कहानी लेकर आता है और आपको उसे संक्षेप में सुनाता है—'एक गाँव है, जहाँ के किसान वहाँ की अंग्रेज छावनी के कैप्टन के साथ एक क्रिकेट मैच रखते हैं कि अगर वे मैच जीत गए तो उनका तीन साल का लगान माफ़ हो जाएगा। और हाँ, किसानों में से किसी को भी क्रिकेट के बारे में कुछ मालूम नहीं है!'

इस पर आपकी पहली प्रतिक्रिया क्या होती? ज्यादा संभावना यही है कि आप कहते—ये भी कोई कहानी है! ऐसा कभी होता है क्या! गौर कीजिए कि अगर आप ऐसा सोचते तो उस प्रोड्यूसर की प्रतिक्रिया का अनुमान करना कठिन नहीं है जो उस फ़िल्म पर 35 करोड़ रुपए लगाने वाला हो (अगर 'लगान' आज बनाई जाए तो उस पर कम से कम सौ करोड़ की लागत आएगी)।

ये तो आमिर ख़ान थे, जिन्हें उस कहानी में कुछ दिखाई दिया और उन्होंने उसे परदे पर साकार करने का बीड़ा उठाया। यहाँ यह बात भी बहुत मायने रखती है कि

फ़िल्म के लेखक और डायरेक्टर आशुतोष गोवारीकर उनके दोस्त थे, जो पहले भी उनके साथ काम कर चुके थे। आमिर ख़ान उनकी लगन, उनकी सोच और उनकी कला की इज़्ज़त करते थे। लेकिन अगर उस ज़माने के किसी और प्रोड्यूसर को यह कहानी सुनाई गई होती तो वो बेशक यही कहता कि 'कहानी तो बड़ी मज़ेदार है, हटके भी है लेकिन चलेगी नहीं!'

आप भी जब अपनी पटकथा लिखेंगे और अगर वह किसी अलग विषय पर होगी, जिसे उस दौर में किसी ने नहीं आज़माया होगा तो आपको भी यह कहने वाले बहुत लोग मिलेंगे कि 'ऐसी कहानी नहीं चलती!' आपको बिल्कुल भी निराश होने की ज़रूरत नहीं है क्योंकि इस फ़िल्म इंडस्ट्री में कोई भी दावे के साथ नहीं कह सकता कि क्या चलेगा और क्या नहीं चलेगा। इस इंडस्ट्री में हज़ारों उदाहरण हैं, जब लेखक, डायरेक्टर अपनी कहानी लोगों को सुनाते हैं और सब उन्हें यही बात बोलते हैं लेकिन फिर उन्हीं कहानियों पर फ़िल्में बनती हैं और सुपरहिट हो जाती हैं। राजू हिरानी की पहली फ़िल्म 'मुन्नाभाई एमबीबीएस' और राकेश ओमप्रकाश मेहरा की फ़िल्म 'रंग दे बसंती' दो ऐसी ही फ़िल्मों की मिसाल हैं।

यह सब पढ़ने के बाद अब अगर आप कोई कहानी ढूँढ़ने की कोशिश करेंगे तो आपको बहुत आसानी होगी। मैंने बहुत साल पहले अख़बार में एक छोटा सा लेख पढ़ा था। बिहार में एक शख़्स ने सिर्फ़ एक छैनी और हथौड़ी की मदद से एक पहाड़ को काट डाला और 200 मीटर लंबा रास्ता तैयार कर दिया। इस रास्ते के बनने से गाँव वालों को आने-जाने में काफ़ी सुविधा हो गई। यह करने में उस शख़्स को पूरे पंद्रह-बीस साल लगे। जब मैंने यह लेख पढ़ा तो मुझे लगा 'यार यह तो ग़ज़ब का विषय है! इस पर ज़रूर एक अच्छी फ़िल्म बन सकती है!'

क्या आपको इस लेख में एक मज़ेदार कहानी के तत्त्व नज़र आ रहे हैं? आपको नज़र आए या ना आए लेकिन जाने-माने फ़िल्म डायरेक्टर केतन मेहता को ज़रूर कुछ नज़र आया। उन्होंने इस विषय पर फ़िल्म भी बना ली है, जिसमें नवाजुद्दीन सिद्दीक़ी मुख्य भूमिका में हैं। हमें फ़िल्म की पूरी कहानी मालूम नहीं है लेकिन ज़रा सोचिए कि अगर इस छोटे-से लेख से हम एक कहानी बनाएँ तो वो क्या हो सकती है!

एक नौजवान है, जो एक ऐसे गाँव में रहता है, जहाँ से अगर उसे किसी पक्की सड़क तक जाना हो तो एक पूरा पहाड़ घूमकर जाना पड़ता है और ऐसा करने में गाँव वालों को तीन घंटे लग जाते हैं। गाँव वालों ने सरकारी दफ़्तरों में कई अर्ज़ियाँ लगाईं लेकिन कुछ नहीं हुआ। एक दिन उस नौजवान की माँ बीमार हो जाती है और चूँकि उसे पूरे पहाड़ का चक्कर लगाकर जाना पड़ता है तो वह अपनी माँ को लेकर समय पर अस्पताल नहीं पहुँच पाता और उसकी माँ की मौत हो जाती है। तब यह नौजवान ठान लेता है कि वो ये रास्ता बनाकर ही दम लेगा और वो अकेला ही इस काम में

जुट जाता है। जब भी उसे समय मिलता है, वो अपने औज़ार लेकर काम में लग जाता है। गाँव वाले उस पर हँसते हैं और उसे पागल कहते हैं लेकिन वो किसी की परवाह नहीं करता। अब इसी गाँव में या आस-पास के किसी गाँव में कोई ऐसा भी शख़्स है जो नहीं चाहता कि इस पहाड़ को काटकर रास्ता बनाया जाए। क्यों ? तो उसकी कोई ठोस वजह आपको बतानी पड़ेगी। ऐसी वजह जो उस शख़्स के लिए ज़िंदगी और मौत का सवाल हो। अब वो अपनी सारी ताक़त लगा देता है कि हमारा हीरो पहाड़ ना काट सके। इन सब तकलीफ़ों को सहकर हमारा हीरो पहाड़ को काटकर और उसमें से रास्ता बनाकर ही दम लेता है।

क्या यह एक मज़ेदार कहानी नहीं है? अब अगर इसी कहानी को और भी मज़ेदार बनाना हो तो उस नौजवान की जगह इसमें दो बच्चों को रख दो। ये दो बच्चे जो दोस्त हैं और बीड़ा उठाते हैं कि हम दोनों इस पहाड़ में से रास्ता बनाएँगे। आप अपनी कल्पना शक्ति इस्तेमाल कीजिए, उन बच्चों की तरह सोचिए और अपना रास्ता बनाइए।

बन गई ना एक मज़ेदार कहानी! और यह मज़ेदार इसलिए बनी क्योंकि यहाँ एक लड़ाई है यानी एक कन्फ्लिक्ट है। लड़ाई एक इंसान और एक पहाड़ के बीच! लड़ाई उसके और क़ुदरत के बीच, जो हमारे नायक को उसका काम आसानी से नहीं करने देती। लड़ाई हमारे नायक और हालात के बीच, जो उसके काम में रोड़ा अटका रहे हैं। और सबसे बड़ी लड़ाई हमारे नायक और उस शख़्स के बीच, जिसका नुकसान हो सकता है, अगर यह रास्ता बन गया तो! इतना सब होने के बावजूद भी हमारा नायक अपने इरादों में कामयाब होता है।

केतन मेहता ने इस विषय पर कैसी पटकथा लिखी होगी, यह तो फ़िल्म रिलीज़ होने के बाद ही पता चलेगा लेकिन मैं दावे के साथ कह सकता हूँ कि फ़िल्म बड़ी कमाल की होगी क्योंकि उसका विषय ही बड़े कमाल का है और केतन मेहता का फ़िल्म बनाने का एक अलग ही अंदाज़ है।

कितना आसान है कहानी बनाना! तो अब आपको अंग्रेजी फ़िल्मों की नकल करने की क्या ज़रूरत है!

अपने इस विशाल देश में अगर आप अपनी मोटरसाइकिल/गाड़ी लेकर सड़क पर निकल जाएँ तो हर पांच किलोमीटर पर आपको एक बढ़िया कहानी मिल जाएगी। लेकिन हाँ, उसके लिए आपको अपने आँख और कान खुले रखने पड़ेंगे।

अगर आपको एक क़ामयाब लेखक बनना है तो आपके अंदर एक क़ुदरती जिज्ञासा होना ज़रूरी है। अगर आपके अंदर वो नहीं है, तो उसे पैदा कीजिए क्योंकि अगर जिज्ञासा होगी तो तभी आप हर चीज़ को समझने की कोशिश करेंगे। जब आप ऐसी चीज़ें समझेंगे और अपनी कहानी में लिखेंगे, जो एक आम इंसान जानकर भी नहीं जानता और समझता, तभी जाकर आपकी कहानी को लोग पसंद करेंगे।

7

नायक, नायिका और खलनायक
(हीरो, हीरोइन और विलेन)

फ़िल्म का हीरो

हर कहानी का एक नायक होता है, जो उस कहानी को आगे बढ़ाता है। हमने जो पहाड़ वाली कहानी बनाई, उसका नायक वो शख़्स है, जिसने पहाड़ काटा। अगर वो पहाड़ काटने का बीड़ा नहीं उठाता तो क्या आपकी कहानी बनती ? नहीं ! इसलिए, आपका नायक ही वो शख़्स है जो आपकी कहानी को एक शुरुआत देता है और एक अंत भी ! इसलिए यह बहुत ही ज़रूरी है कि आप अपने नायक के बारे में सब कुछ जानते हों। ऐसा करने से आपको आगे आसानी रहेगी।

किसी भी इंसान के व्यवहार से उसकी फ़ितरत और सोच का पता चल सकता है और अगर आप किसी को ठीक से नहीं जानते तो वो किस स्थिति में कैसे रिएक्ट करेगा, यह कहना मुश्किल हो जाता है। यही क़ायदा आपकी कहानी के नायक पर भी लागू होता है।

आपको अपने नायक के बारे में सबकुछ मालूम होना चाहिए। फिर यह दिखलाना आपके लिए एकदम आसान हो जाएगा कि वो आपकी कहानी की किस स्थिति में कैसा व्यवहार करेगा।

अगर आप अपने नायक के बारे में नहीं जानते तो आप उसे ज़बरदस्ती अपनी कहानी में किसी ऐसी स्थिति में डाल देंगे, जो दर्शकों को मनगढ़ंत या फ़र्ज़ी किस्म की लगेगी।

अपना नायक जो भी करने जा रहा है, जैसे कि पहाड़ काटने या क्रिकेट की टीम बनाकर अंग्रेजों से लड़ने के लिए, वैसा करने के लिए उसके पास एक बहुत वाजिब कारण यानी 'मोटिवेशन' होना चाहिए। यह कारण ही आपकी कहानी को आगे बढ़ाएगा और कहानी को परिणति तक पहुँचाएगा।

हमारी पहाड़ वाली कहानी में हमारा नायक अपनी माँ की मौत से दुखी हो गया है लेकिन वो औरों की तरह सिर पे हाथ रखकर बैठा नहीं रहा, बल्कि उसने एक

बीड़ा उठाया कि मैं इस पहाड़ को काटकर रास्ता बनाऊँगा। इसी तरह 'लगान' के हीरो भुवन ने अपने पूरे प्रांत का तीन साल का लगान माफ़ कराने के लिए कैप्टन रसेल की शर्त मंजूर कर ली। इन दोनों मिसालों में हमारा हीरो एक बड़े मकसद से प्रेरित यानी 'मोटिवेटेड' था।

मैंने अपने नायक के लिए एक शब्द इस्तेमाल किया था, पसंदीदा यानी लाइकेबल! पसंदीदा क्यों भला?

दर्शक आपकी फ़िल्म के नायक के साथ जुड़ जाते हैं और अगर आपका नायक ही उन्हें पसंद नहीं आता तो फिर उन्हें आपकी फ़िल्म देखने में बिल्कुल मज़ा नहीं आएगा। इसलिए आपका नायक ऐसा होना चाहिए जिसे दर्शक पसंद करें। यहाँ मैं सिर्फ़ उसके रूप-रंग या कद-काठी की बात नहीं कर रहा, बल्कि मैं बात कर रहा हूँ उसके व्यवहार, उसकी शरारतों, उसके बचपने यानी उसकी सारी खूबियों की, जो दर्शकों को अच्छी लगें। इसलिए, जब आप अपने नायक का कैरेक्टर स्कैच बनाएँ, तो ये बातें ज़रूर ध्यान में रखें। कैरेक्टर स्कैच पर हम आगे वाले अध्यायों में विस्तार से चर्चा करेंगे। फ़िल्मों में कई बार ऐसा भी होता है कि दर्शक आपके नायक से ज़्यादा खलनायक या किसी अन्य किरदार को पसंद करने लगता है। जब कोई डायरेक्टर फ़िल्म बनाना शुरू करता है, तो वह कभी भी ऐसा नहीं सोचता लेकिन संयोग से ऐसा हो जाता है कि उस किरदार की अदाकारी या उसकी स्टाइल दर्शक को हीरो से भी ज़्यादा पसंद आ जाती है। यहाँ मैं दो उदाहरण देना चाहूँगा। पहला 'डर' में शाहरुख़ ख़ान और दूसरा 'सत्या' में मनोज वाजपेयी। इन दोनों ही फ़िल्मों मे हीरो कोई और था लेकिन इनका किरदार बाज़ी मार ले गया। ऐसा कई बार होता है और जब भी ऐसा होता है तो समझ लीजिए कि हमारी फ़िल्म इंडस्ट्री में एक नए सितारे का उदय हो गया है।

फ़िल्म की हीरोइन

हमारे देश की आबादी लगभग 130 करोड़ है। देश में प्रति हज़ार पुरुषों के मुक़ाबले 940 महिलाएँ हैं, यानी तकरीबन बराबर! तो यह कहना ग़लत नहीं होगा कि हमारी फ़िल्म देखने वाले दर्शकों में आधी महिलाएँ होती हैं।

औरतों और मर्दों का फ़िल्म देखने का नज़रिया काफ़ी अलग होता है। दोनों के फ़िल्म पसंद करने या ना करने के भी अलग-अलग कारण होते हैं। शायद इसकी वजह हमारी सामाजिक-सांस्कृतिक बनावट में छिपी हो। लेकिन कोई प्रोड्यूसर या निर्देशक यह नहीं सोचता कि वह केवल पुरुषों के लिए या केवल औरतों के लिए फिल्म बनाएगा। एक बात तय है कि अगर आपको फ़िल्म बनानी है तो आपकी फ़िल्म औरतों और मर्दों दोनों ही वर्गों को पसंद आनी चाहिए। अगर आप सिर्फ़ किसी एक वर्ग को ध्यान में रखकर फ़िल्म लिखते हैं तो आप फ़िल्म शुरू होने से

पहले ही अपने आधे दर्शकों को खो रहे हैं। जबकि फिल्म-निर्माण से जुड़े लोगों की स्वाभाविक इच्छा होती है कि उनकी फिल्म ज्यादा से ज्यादा लोगों तक पहुँचे। जितने ज़्यादा लोग आपकी फ़िल्म देखेंगे, उतना ही ज़्यादा फ़ायदा आपका और आपकी फ़िल्म को होगा। ऐसे में किसी फिल्म की कहानी में नायक के साथ नायिका की उपस्थिति उस फिल्म को एकांगी होने से बचाने के लिए जरूरी हो जाती है। यह तो हो गया एक कारण, फ़िल्म में हीरोइन के होने का। लेकिन सबसे बड़ा कारण क्या है?

औरत की खूबसूरती! बेशक फिल्मों में हीरोइन की खूबसूरती का प्रदर्शन होता है, लेकिन केवल इसी कारण उसे फिल्म में नहीं रखा जाता।

एक कहावत है कि 'औरत के बिना घर सूना होता है' ठीक उसी तरह 'वो फ़िल्म भी एकदम सूनी-सूनी लगती है जिसमें औरत ना हो!' वास्तव में समाज की तरह फिल्म में औरत या हीरोइन की मौजूदगी हमारी कहानी को पूर्णता देती है, क्योंकि वह एक सम्पूर्ण और अपरिहार्य हिस्सा है।

इसका एक अहम मनोवैज्ञानिक पहलू भी है। जब हम अच्छी फ़िल्में देखते हैं तो जाने-अनजाने हम उसके किरदारों से भी जुड़ जाते हैं। अगर हीरो नाराज़ है और हीरोइन बड़े प्यार से उसे मना रही है तो जाने-अनजाने में वो आपको भी अच्छा लगता है। क्योंकि हो सकता है कि कभी आप भी ऐसे ही नाराज़ हुए हों और आपकी प्रेमिका या पत्नी ने आपको ऐसे ही मनाया हो। या हो सकता है कि आप मन ही मन में ये चाह रहे हों कि किसी दिन आपकी प्रेमिका आपको ऐसे ही अंदाज़ में मनाए। परदे पर यह देखना अच्छा लगता है। परोक्ष रूप से फिल्म की कहानी आपकी चाहतों और सपनों को साकार करती प्रतीत होती है, जिससे आपको सन्तुष्टि प्राप्त होती है। यह महिलाओं पर भी तब उतना ही लागू होता है जब वे अपने पसंदीदा हीरो को परदे पर देखती हैं।

फ़िल्म का विलेन

जिस तरह नायक लोगों को पसंद आना चाहिए, उसी तरह खलनायक से लोगों को नफ़रत होनी चाहिए। खलनायक औरत या मर्द कोई भी हो सकता है। उसकी कारस्तानी दर्शकों में जितना अधिक क्रोध और नफरत पैदा करेगी उतना ही उसका किरदार सफल माना जाएगा।

अगर हम 'सरफ़रोश' के गुलफ़ाम हसन की बात करें, तो जिस घड़ी पता चलता है कि पाकिस्तान का यह गायक हिंदुस्तान की मेहमाननवाज़ी का मज़ा लेते हुए हिंदुस्तान में ही आतंक फैलाने की साज़िश रच रहा है, उसी क्षण दर्शकों को उस किरदार पर ग़ुस्सा आने लगता है। ठीक इसी तरह जब 'लगान' के पहले ही सीन में, भुवन जिस हिरन को बचाने की कोशिश कर रहा है, कैप्टन रसेल उसे गोली मार

देता है तब उसी पल दर्शकों को रसेल से नफ़रत हो जाती है। यह नफ़रत उसकी हरकतों के साथ-साथ बढ़ती जाती है।

फ़िल्म के नायक या नायिका का किरदार तभी उभरकर सामने आता है, जब खलनायक उनकी टक्कर का हो या उनसे भी ताक़तवर हो। हमें याद रखना चाहिए कि दर्शक की सहानुभूति हमेशा 'अंडरडॉग' यानी कमज़ोर के साथ होती है। अगर आपका खलनायक ज़्यादा ताक़तवर है और नायक कमज़ोर होते हुए भी उससे लड़ने की कोशिश करता है और अंत में उसे हरा देता है तो समझो आपकी कहानी सुपरहिट है!

आप कोई भी फ़िल्म याद कीजिए, जो आपको पसंद आई हो। गौर कीजिए कि अगर उस फ़िल्म का खलनायक ताक़तवर नहीं होता तो शायद आपको फ़िल्म उतनी मज़ेदार नहीं लगी होती।

आप 'लगान' को याद कीजिए। क्या हम सब यह नहीं चाहते थे कि घमंडी कैप्टन रसेल को उसके कर्मों की सज़ा मिले और भुवन की टीम मैच जीते? हम ऐसा क्यों चाहते थे? क्योंकि हमने देखा कि कैप्टन रसेल भुवन से कहीं ज़्यादा ताक़तवर है और एक अहंकारी, घमंडी और बुरा इंसान है। जबकि भुवन एक अच्छा और नेक इंसान है और वो ऐसा काम करने जा रहा है, जिससे उसके पूरे प्रांत का भला होने वाला है।

अच्छाई और बुराई के बीच; सच और झूठ के बीच की लड़ाई का फार्मूला आज तक पुराना नहीं पड़ा है और किसी भी बेहतर कहानी में इन दोनों पहलुओं का होना जरूरी है।

8

कहानी के अन्य किरदार

अगले अध्याय में फिल्म की कहानी में सिर्फ़ नायक, नायिका और खलनायक के बारे में ही चर्चा की गई। इसका यह मतलब बिल्कुल नहीं है कि कहानी में और किरदार नहीं होते या अन्य किरदारों का कोई महत्त्व नहीं होता। किसी भी कहानी में नायक और खलनायक के अलावा भी बहुतेरे किरदार होते हैं, जो न केवल कहानी को मज़ेदार बनाते हैं और उसे आगे बढ़ाने में मदद करते हैं, बल्कि उसको पूर्णता प्रदान करते हैं। अगर फिल्म को एक बड़ी मशीन मान लें तो सहायक किरदारों को उसके पुर्जे मान सकते हैं, जो भले ही छोटे हों, लेकिन उनके बिना मशीन चल नहीं सकती। कौन होते हैं ये किरदार?

चूँकि हमारी हिंदुस्तानी परंपरा में परिवार का बहुत महत्त्व होता है, इसलिए नायक का कोई ना कोई पारिवारिक सदस्य फ़िल्म की कहानी में होना ज़रूरी है। यह माँ, बाप, भाई, बहन या कोई भी हो सकता है, लेकिन वह ऐसा अच्छा किरदार होना चाहिए जिसे देखकर आपके दर्शक को अच्छा महसूस हो। अगर हीरो का परिवार नहीं है, तो उसका कोई एक अच्छा दोस्त होता है, जो उसके साथ होता है। आपकी कहानी में अलग-अलग भाव तभी आएँगे, जब आपका हीरो समाज का एक हिस्सा दिखेगा या उसका कोई परिवार होगा। ज़्यादातर फ़िल्मों में ऐसा ही होता है। अगर कुछ हटकर करने की कोशिश करें तो ऐसा भी होता है कि हीरो के परिवार का कुछ पता नहीं होता, वो कहाँ से आया है, उसका बैकग्राउंड क्या है, इसका जिक्र नहीं रहता। ऐसा करने से भी एक अच्छा किरदार उभरकर सामने आता है। 'सत्या' फ़िल्म में सत्या का किरदार, ऐसा ही था। पूरी फ़िल्म में उसके बैकग्राउंड का ज़िक्र कहीं नहीं था। यह भी अपने किरदार को दिखाने का एक विशेष तरीका है लेकिन यह कुछ ख़ास तरह की फ़िल्मों के लिए ही उपयोगी हो सकता है। जबकि ज्यादातर फिल्मों में पारिवारिक माहौल और किरदारों को दिखाया ही जाता है क्योंकि वे दर्शकों को बाँधने के आजमाए हुए माध्यम हैं।

अगर आप कोई भी अच्छी हिंदी फ़िल्म देखेंगे तो पाएँगे कि उसकी कहानी में

एक अच्छे नायक के अलावा 3-4 बहुत ही सशक्त और अच्छे किरदार होते हैं, जो फ़िल्म को और भी मज़ेदार बनाते हैं।

'सरफ़रोश' के इंस्पेक्टर सलीम, सुल्तान, हाजी सेठ और राजन के साथ हमें फटका का किरदार भी याद रहता है जबकि उसकी भूमिका बेहद संक्षिप्त है। इनकी फ़िल्म में काफ़ी अहमीयत है।

एक सवाल उठता है कि किसी फिल्म में कितने सहायक किरदार रखने चाहिए? बेशक इनकी संख्या कहानी की जरूरत के हिसाब से कम या अधिक होगी। कई बार ज़्यादा किरदार रखने से दर्शक के भ्रमित होने की संभावना रहती है। कहानी के मूल प्रवाह को बाधित करने की कीमत पर कोई किरदार रखा नहीं जा सकता है। अगर हम मोटे तौर पर कोई नियम बनाएँ तो याद रहे कि 'अगर राम को लंका जाकर सीता को वापस लाना है, तो उसे एक हनुमान की ज़रूरत पड़ेगी।' आपकी फ़िल्म में एक हनुमान का होना बहुत ज़रूरी है। आपकी फ़िल्म का हनुमान आपके नायक का खास आदमी है, जो आपके नायक के मक़सद को अपना मक़सद बना लेता है। 'मुन्नाभाई' में सर्किट एक बढ़िया हनुमान का उदाहरण है। उसके लिए उसका भाई ही सब कुछ है—'भाई ने बोला गांधी जी दिखता है तो दिखता है!'

बहुत कम कहानियाँ ऐसी होती हैं, जिनमें सिर्फ़ दो या तीन किरदार होते हैं। इसकी वजह यह है कि दो या तीन किरदारों को लेकर वो सारे भाव डालना बहुत मुश्किल काम हो जाता है, जो एक अच्छी कहानी में होने चाहिए। फिर भी, अगर आपके पास किसी ऐसी सिचुएशन की कहानी है, जिसमें सिर्फ़ दो या तीन ही किरदार हैं, तो आप बेधड़क होकर लिखना शुरू कीजिए।

फ़िल्म 'नो मैन्स लैंड' इस बात का बहुत बढ़िया उदाहरण है। इसमें दो-तीन किरदारों के जरिए ही एक अच्छी कहानी दिखाई गई है। आपको याद होगा कि जिस साल 'लगान' ऑस्कर में सर्वश्रेष्ठ विदेशी फ़िल्म के लिए नामांकित हुई थी, उस साल इस श्रेणी का ऑस्कर 'लगान' को पछाड़कर 'नो मैन्स लैंड' ने ही जीता था।

अभी तक हमने फिल्म की कहानी के सैद्धान्तिक पहलुओं की चर्चा की। अब हम इस बात को व्यवहारिक रूप में सीखेंगे कि एक अच्छी कहानी की रचना कैसे की जाती है। यहाँ पर मैंने पटकथा शब्द का इस्तेमाल नहीं किया, क्योंकि पहले आप कहानी लिखेंगे और फिर उस कहानी की पटकथा। आगे मैंने दो अलग-अलग किस्म की कहानियों की रचना की है, जिससे आपको अंदाज़ा हो जाएगा कि 'शुरुआत कैसे की जाए।

9

कहानी में रंजिश और भाव

आपके नायक और खलनायक तो स्थापित हो गए। अब आपकी कहानी तभी आगे बढ़ेगी, जब उन दोनों में कोई रंजिश या कन्फ्लिक्ट या संघर्ष होगा। संघर्ष भी किसी ऐसी चीज़ के लिए, जो उन दोनों के लिए बहुत ही ज़रूरी हो।

रंजिश ही हर नाटकीय कहानी की नींव होती है। अगर रंजिश नहीं है, तो समझो आपके पास कोई कहानी है ही नहीं!

अगर आपने कोई ऐसी फ़िल्म लिखी है, जिसमें तीन दोस्त किसी जंगल में खोने के बाद रास्ते की तलाश में कई खतरों का सामना करते हैं या किसी क़ुदरती ताक़त से लड़ते हैं, तो वो अपने आपमें मज़ेदार तो हो सकती है लेकिन यह और भी मज़ेदार तब बनेगी जब उन दोस्तों में आपस में कोई मतभेद या प्रतिस्पर्धा पैदा हो जाए।

अगर आपकी कहानी का नायक अपने मक़सद को पाने की दिशा में एक क़दम आगे बढ़ता है तो उसके प्रतिद्वन्द्वी या दुश्मन की ओर से कोई ना कोई बाधा ज़रूर खड़ी की जानी चाहिए। यही क़ायदा एक अच्छी कहानी की नींव है। एक इंसान अपने लक्ष्य की ओर बढ़ रहा है और दूसरा उसे रोकने की हर संभव कोशिश कर रहा है। दोनों के पास ऐसा करने की कोई पुख़्ता वजह होनी चाहिए। जितनी ठोस वजह, उतनी बड़ी चुनौती और जितनी बड़ी चुनौती उतनी ज़्यादा मज़ेदार आपकी कहानी...बस!

'लगान' में भुवन ने कैप्टन रसेल के साथ शर्त तो लगा ली लेकिन असली चुनौती शर्त लगाने के बाद ही शुरू होती है। सबसे बड़ी चुनौती उसके सामने टीम बनाने में आई। सब उसे पागल समझ रहे थे और कोई उसका साथ नहीं दे रहा था। तब एक छोटा-सा टीपू उसकी टीम में आया, फिर भागा और इस तरह धीरे-धीरे उसकी पूरी टीम बनी।

दूसरी ओर, कैप्टन रसेल ने पूरी कोशिश की कि भुवन को कोई मदद ना मिल पाए। पहले उसने अपनी बहन एलिजाबेथ को भुवन की मदद करने से रोका, फिर

उसने भुवन की टीम के लाखा को अपने साथ मिला लिया।

यही एक अच्छी पटकथा लिखने का तरीका है। नायक और खलनायक दोनों को किसी भी हालत में कुछ हासिल करना है और उसे हासिल करने के लिए वो किसी भी हद तक जा सकते हैं। यह चीज कहानी में रंजिश का माहौल पैदा करती है।

हर कहानी में छोटी और बड़ी रंजिशें होती हैं, बाधाएँ होती हैं, आपसी मतभेद होते हैं और कठिनाइयाँ होती हैं। ये सारे तत्त्व रंजिश के ही रूप हैं और वे अपनी-अपनी मात्रा में अलग होंगे लेकिन इन्हीं सबको मिलाकर जो कहानी बनेगी वो दर्शको को बाँधकर रखेगी।

भावुकता यानी इमोशन

किसी भी कहानी में भावनाओं का होना बहुत ज़रूरी है। हम सब इंसान हैं और हम सब कभी ना कभी अपने जीवन में प्रेम, क्रोध और हास्य जैसे भावों का अनुभव करते ही हैं। इसलिए, आपकी कहानी में भी ये सारे भाव होने चाहिए। इन भावों के बगैर दर्शकों के दिल को छू नहीं सकेगी।

अगर 'लगान' की ही बात करें तो उसमें पहले ही सीन में लालसा है। वो लालसा है बारिश की! जब पूरा गाँव बादल देखता है तो खुशी के मारे झूम उठता है। परन्तु जब कुछ ही पलों में बादल बारिश किए बगैर गुज़र जाते हैं और गाँव वालों को अहसास हो जाता है कि बारिश नहीं होने वाली, तो उनका भाव खुशी से लाचारी में बदल जाता है। फिर, जब राजा साहब के लोग मुनादी करते हैं कि इस बार लगान पूरा भरना पड़ेगा, तो वही लाचारी का भाव ग़ुस्से में बदल जाता है।

इस उदाहरण का अभिप्राय यह है कि कहानी की सिचुएशन के हिसाब से भाव बदलते रहने चाहिए। दर्शक को भी जो कहानी के किरदार महसूस कर रहे हैं वही सब महसूस होना चाहिए। अगर आपकी कहानी के किरदार खुश हैं तो आपका दर्शक भी खुश होना चाहिए और जब किरदार दुखी हैं तो दर्शक को भी दुखी होना चाहिए। अगर आपने यह हासिल कर लिया तो समझिए आपने एक बहुत ही अच्छी फ़िल्म लिख डाली है।

10

कहानी का विषय

यहाँ एक एक्सरसाइज है, जिसमें आपको वह कहानी तय करनी है, जिस पर आप विस्तार से पटकथा लिखना चाहते हैं। कई बार आपके मन में एक साथ बहुत से ख़याल चलते रहते हैं। क्या मैं एक खेल पर कहानी लिखूँ, क्या मैं आतंकवाद पर लिखूँ या फिर एक प्रेम कहानी लिखूँ!

कहानी लिखने का सबसे पहला नियम यह है कि आप किसी भी कहानी को इसलिए मत लिखिए क्योंकि वो आपके जीवन की कहानी है। हर लिखने वाला सबसे पहले सोचता है 'यार अपने ऊपर एक कहानी लिखता हूँ क्योंकि मैंने भी तो बहुत संघर्ष किया है।' बिल्कुल नहीं! सभी ने आप की ही तरह संघर्ष किया है और किसी को भी आपकी कहानी जानने में कोई दिलचस्पी नहीं है, जब तक आपने कुछ ऐसा हासिल ना किया हो जो किसी और ने नहीं किया।

हाँ, अगर आपको जीवन में कोई ऐसा अनुभव हुआ हो, जो एक आम इंसान के जीवन में नहीं होता, तो बेशक आप उस पर कहानी लिखिए। मेरी एक कहानी है 'चीयर्स', जो मैंने जॉन मैथ्यूज मैथन (जो सरफ़रोश फ़िल्म के प्रोड्यूसर और डायरेक्टर हैं) को दी है। इस कहानी की प्रेरणा मुझे अपनी ज़िंदगी से मिली! मेरे साथ एक बहुत ही असाधारण घटना हुई थी। इसमें मैंने अपनी ज़िंदगी का सिर्फ़ एक हादसा ही बयाँ किया है और उस कहानी में एक अच्छी पटकथा के तत्त्व मिलाकर—रंजिश और ड्रामेबाज़ी डालकर उसे पटकथा का रूप दिया है।

अक्सर ऐसा होता है कि मुंबई से बाहर के लोग जब मुंबई आते हैं और दो-चार साल में किसी तरह कुछ पैसा कमा लेते हैं, तो उन्हें लगने लगता है कि उन पर तो कहानी बन सकती है। वो यह सोचने लगते हैं 'मुझे देखो, एक गाँव का रहने वाला लड़का, सिर्फ़ इंटर पास, बिना किसी सहारे के मुंबई आया, रिक्शा चलाया, नौकरी की, और अब मैं इस मुकाम पर हूँ। मेरे ऊपर तो एक कहानी बननी ही चाहिए।' यह बिल्कुल ग़लत सोच है क्योंकि मुंबई में ऐसे लाखों लोग हैं जो यहाँ खाली हाथ आते हैं और पैसा कमाते हैं। इसमें कोई कहानी नहीं है।

तो अब सवाल यह उठता है कि कैसी कहानी लिखी जाए! जैसा मैंने कहा कि अपने आँख और कान खुले रखो। देखो कि क्या इसमें वे पाँच तत्त्व हैं जो कहानी की सफलता के लिए जरूरी होते हैं? कल्पना शक्ति का थोड़ा इस्तेमाल करो और अपनी कहानी का एक ढाँचा बनाओ। अगर आपको कहीं कोई संकेत मिलता है और आपकी कल्पना शक्ति ज़ोर मारती है तो भी आपको कहानी का आइडिया आ सकता है।

मिसाल के तौर पर, मैंने कहीं पढ़ा कि 12 साल की एक लड़की ने माउंट एवरेस्ट फ़तेह कर लिया है। अब इस पर क्या कहानी बन सकती है? चलो एक एक्सरसाइज करते हैं :

1. एक नौजवान है, जो अमीर बाप की औलाद है, वह पूरा दिन कुछ नहीं करता है और सबकी गालियाँ खाता रहता है।

   नहीं मज़ा नहीं आया! अमीर बाप के बिगड़े हुए बेटों को तो कई बार देख चुके हैं। कुछ अलग करते हैं। क्या हो सकता है, ज़रा सोचिए! क्यों ना हमारी फ़िल्म का नायक वो लड़की ही हो? ज़रूरी तो नहीं कि आपका नायक कोई मर्द ही हो। तो फिर चलो हम अपनी फ़िल्म का हीरो एक लड़की को बनाते हैं। तो समझ लीजिए एक लड़की है, जो 20 साल की है। अब आगे...
2. उसे एवरेस्ट पर क्यों चढ़ना है? वो साधारण परिवार से है, सिर्फ़ एक अकेली माँ और एक छोटी बहन है। ऐसे में वो अपने परिवार की ओर ध्यान देगी या एवरेस्ट पर चढ़ने के मंसूबे बनाएगी! उसे एवरेस्ट पर क्यों चढ़ना है? याद रहे, किसी भी चीज़ को करने के लिए कोई ठोस वजह होनी चाहिए। प्रेरणा! मोटिवेशन (motivation)! क्या वजह हो सकती है, जो एक बीस साल की लड़की को एवरेस्ट पर चढ़ने के लिए प्रेरित कर रही है? यहाँ आपकी कल्पना शक्ति काम आएगी। आपको अपनी कल्पनाशीलता से वो वजह पैदा करनी है जिसने 20 साल की एक लड़की को, जिसने कभी पहाड़ पर चढ़ाई नहीं की, उसे एवरेस्ट पर चढ़ने के लिए प्रेरित कर दिया?
3. वो वजह बिल्कुल ठोस होनी चाहिए और उसमें कोई ठोस इमोशन यानी भाव होना चाहिए और हाँ, यह सब होने के बावजूद दर्शक को ऐसा भी नहीं लगना चाहिए कि 'ऐसा नहीं हो सकता!' तो सोचिए क्या वजह हो सकती है?
4. क्या उसने किसी के साथ कोई शर्त लगाई है? नहीं! क्योंकि अगर वो लड़की साधारण परिवार से है तो ऐसी फ़ालतू की शर्तें नहीं लगाएगी। तो क्या हो सकता है?

5. क्या ऐसा हो सकता है कि उसके पिता एक पर्वतारोही थे और उनका सपना था कि उनकी बेटी माउंट एवरेस्ट फ़तेह करे! हाँ, यह बात हो सकती है, लेकिन और भी कुछ हो सकता है क्या?
6. क्या ऐसा हो सकता है कि उस लड़की के पिता एक पर्वतारोही थे और पंद्रह साल पहले वो माउंट एवरेस्ट फ़तेह करने चले थे और एक दुर्घटना में उनकी मौत हो गई? अब लड़की को उनकी आख़िरी इच्छा पूरी करनी है। हाँ, यह ठीक लग रहा है लेकिन क्या इसमें ऐसा कुछ और कर सकते हैं, जिससे आगे एक बड़ी रंजिश बने और एक अच्छी कहानी? क्या हो सकता है? सोचिए...सोचिए...
7. मिल गया! क्या ऐसा हो सकता है कि उसके पिता की लाश अब भी वहीं है और आज पंद्रह साल बाद किसी को मिली है। अब यह लड़की बीड़ा उठाती है कि वो अपने पिता का अंतिम संस्कार करेगी, नहीं तो उनकी लाश वहीं बर्फ़ में दफ़न हो जाएगी। हाँ, यह अच्छा कारण है। इसमें एक इमोशन भी है क्योंकि सारी बेटियों को अपने पिता से प्रेम तो होता ही है!
8. तो अब हमें लड़की के माउंट एवरेस्ट पर चढ़ने की एक ठोस वजह मिल गई। इस बात से तो आप सभी सहमत होंगे कि किसी भी धर्म के इंसान का एक सही रीति-रिवाज के साथ अंतिम संस्कार होना चाहिए और उसे क़ायदे से अदा करना उस इंसान की औलाद का ही फ़र्ज़ होता है। तो यह एक अच्छी वजह है। एक लड़की को अपने पिता का अंतिम संस्कार करना है और वो बीड़ा उठाती है कि वो अपने पिता की लाश को पहाड़ से नीचे लाएगी और उसका अंतिम संस्कार करेगी।
9. अब आएगी रंजिश! कैसे? माउंट एवरेस्ट पर चढ़ना इतना आसान नहीं है। पहली बात तो ऐसा करने के लिए कम से कम एक करोड़ रुपए चाहिए। यह साधारण परिवार की लड़की एक करोड़ रुपए कहाँ से लाएगी? दूसरा, एवरेस्ट पर चढ़ने के लिए लड़की को शारीरिक रूप से एकदम फ़िट भी होना चाहिए। उसका स्टेमिना बढ़िया होना चाहिए तभी तो वो यह कर पाएगी। तो यहाँ आ गई हमारे लिए दूसरी रंजिश!
10. तो अब आपकी कहानी ऐसे बनेगी कि लड़की को पता चलता है कि उसके बाबूजी की लाश एवरेस्ट पर कहाँ है। वो उनका अंतिम संस्कार करने के लिए लाश को नीचे लाने का बीड़ा उठाती है और यह करने के लिए उसे अपने शरीर को एकदम तैयार करना पड़ेगा और एक करोड़ रुपए का बंदोबस्त भी करना पड़ेगा।

11. जब दर्शक उस लड़की को आपकी फ़िल्म में मेहनत करते हुए और पसीना बहाते हुए देखेंगे, तो उनका दिल भी करेगा कि वो उस लड़की के लिए कुछ करें। अब आपका दर्शक आपके साथ जुड़ गया है।
12. अब आपको इसमें एक खलनायक लाना है, जो उस लड़की को रोकने की कोशिश करेगा। कौन हो सकता है वो खलनायक? और वो रोकने की कोशिश क्यों करेगा? थोड़ा दिमाग़ लगाते हैं। क्या ऐसा हो सकता है कि जिसके साथ उस लड़की के बाबूजी गए थे, उसका कोई ऐसा राज़ हो जिसकी वजह से वो नहीं चाहता कि ये लड़की एवरेस्ट पर जाए? क्या राज़ हो सकता है? वो आपको सोचना है। आप अपनी कल्पना का इस्तेमाल करें! यह बन गया आपकी कहानी का संक्षेप में वन लाइनर। एक पेज की कहानी जिसमें हमने अपने मुख्य किरदारों का परिचय करा दिया। कहानी का मकसद बता दिया। रंजिश और कठिनाई के बारे में बता दिया। अब आपको इसे दो घंटे की एक बढ़िया पटकथा में बदलना है।

चलिए, एक और उदाहरण लेते हैं। इस बार एक रोमांटिक कहानी लिखते हैं।

रोमांटिक कॉमेडी कहानी की जो शैली है, वो यूं तो सीधी-सीधी होती है लेकिन उसे लिखना बहुत मुश्किल होता है। क्योंकि सबको बता है कि अंत में हीरो और हीरोइन का मिलन होने वाला है। कहानी में कोई सस्पेंस नहीं है। यह मैं ज़्यादातर फ़िल्मों के बारे में कह रहा हूँ। कुछ फ़िल्मों में अंत में हीरो हीरोइन दोनों मर जाते हैं। तो दो ही रास्ते हैं, एक तो हैप्पी एंडिंग यानी सुखांत का और दूसरा ट्रेजिक एंडिंग यानी दुखांत का! कहानी में उनकी जो यात्रा है- हीरो हीरोइन को पहली बार कैसे मिलता है, उसके मन में उसके प्रति प्यार क्यों और कैसे पनपता है, हीरोइन का उसकी तरफ़ क्या रिएक्शन होता है, फिर हीरोइन को भी उससे प्यार क्यों हो जाता है और अंत में थोड़ी-बहुत मुसीबतों का सामना करके वो लोग एक हो जाते हैं और बाक़ी की ज़िंदगी हँसी-खुशी बिताते हैं। उस यात्रा को कैसे बयाँ किया जाए, यही एक कामयाब रोमांटिक कहानी लिखने वाले लेखक की ख़ासियत होती है।

हमारी हिंदी फ़िल्मों में अक्सर कोई भी नया लड़का किसी लव स्टोरी के साथ ही लॉन्च होता है। वे सभी प्रेम कहानियाँ एक ही टाइप की होती हैं। हीरो हीरोइन से मिलता है, हीरोइन को उससे नफ़रत होती है, फिर ऐसा कुछ होता है (ज़्यादातर हीरो हीरोइन की इज़्ज़त बचाता है) कि हीरोइन को भी हीरो से प्यार हो जाता है। उसके बाद उनके परिवार वाले या उनका समाज उन्हें रोकता है, और हीरो उन सबसे लड़ता है और जीतता है। किरदारों में विविधता लाने के लिए या तो हीरो ग़रीब होता है और हीरोइन का परिवार बहुत अमीर, या फिर उल्टा होता है। ज़्यादातर फ़िल्मों में हीरो साधारण होता है क्योंकि फ़िल्में बनाने वाले लोग ज़्यादातर मर्द होते हैं और उनके

मन में ग़रीब हीरो ही अमीर हीरोइन को क़ाबू कर सकता है! कुछ फ़िल्में इस फार्मूले की बेहतर उदाहरण हैं। अपने-अपने दशक की सबसे हिट फ़िल्में थीं,

1. बॉबी
2. बेताब
3. लव-स्टोरी
4. एक दूजे के लिए
5. क़यामत से क़यामत तक
6. दिलवाले दुल्हनिया ले जाएँगे

ये तो वो फ़िल्में हैं, जो सुपरहिट हो गईं। इसी फ़ॉर्मूले पर हज़ारों फ़िल्में बनी हैं जो थोड़ी-बहुत क़ामयाब हुई हैं और ढेर सारी फ़्लॉप भी हुई हैं। रोमांटिक कॉमेडी (हिंदी फ़िल्मों की भाषा में लव-स्टोरी) फ़िल्में लिखना एक ऐसा हुनर है, जो हर किसी को नहीं आ सकता क्योंकि उनमें अंत जानने के बावजूद आपको उसे रोमांचक बनाए रखना होता है। दूसरा, जैसे मैंने पहले कहा था, ज़माना बदल गया है और पुराने घिसे-पिटे फ़ॉर्मूले अब किसी को पसंद नहीं आते। इसलिए चलिए, एक नए अंदाज़ में एक रोमांटिक कॉमेडी फ़िल्म की कहानी तैयार करने की कोशिश करते हैं।

हाल में मैंने अखबार में एक छोटी-सी ख़बर देखी थी। उसमें लिखा था कि मुंबई का आख़िरी 'कलारीपायातू' स्कूल अब बंद होने वाला है क्योंकि आजकल मुंबई में उसे सीखने में किसी की दिलचस्पी नहीं है।

अब देखिए, कैसे हम अख़बार की एक छोटी-सी ख़बर से एक रोमांटिक कहानी बनाते हैं।

कलारीपायातू केरल का एक मार्शल आर्ट है। जैकी चैन और ब्रूस ली की वजह से आजकल कराटे और कुंग फू तो काफ़ी मशहूर हो गए हैं। इसलिए जिज्ञासा पैदा हुई कि कलारीपायातू आख़िर है क्या!

मैंने कलारीपायातू के बारे में सब कुछ जानने का फ़ैसला किया। कुछ साल पहले तक रिसर्च करना थोड़ा मुश्किल था लेकिन जबसे इंटरनेट आ गया है, काफ़ी चीज़ें आसान हो गई हैं। तो मैंने गूगल पर डाला 'कलारीपायातू'। ऐसा करने पर कलारी के बारे में 295000 परिणाम मिले। जी हाँ, इंटरनेट पर कलारीपायातू के बारे में 2.95 लाख लिंक हैं। इनमें कलारी के बारे में लिखे गए बहुत सारे लेख शामिल हैं। कलारी के वीडियो हैं, उसका इतिहास है, कलारी सिखाने वाले लोगों के फ़ोन नंबर हैं। तो मैंने कलारी के बारे में मोटे तौर पर जान लिया कि कलारी केरल का है, इसे सिखाने वाले को गुरुक्कल कहते हैं, गुरुक्कल हड्डियों के बारे में जानते हैं, इसलिए गाँवों में ये लोग हड्डियों के वैद्य का काम करते हैं। इनकी बहुत इज़्ज़त होती है। अंग्रेजों के ज़माने में कलारी पर प्रतिबंध लगा दिया गया था। कुछ बहादुर

लोगों ने कैसे इस विधा को ज़िंदा रखा, यह सब और बहुत-सी और भी जानकारी मुझे सिर्फ़ 30 मिनट में मिल गई।

तो मेरे दिमाग़ में यह लव स्टोरी आती है कि एक हीरो है, जो कलारी जानता है, और एक लड़की से प्यार करता है लेकिन वह लड़की इस बात से अनजान है। हीरो थोड़ा शर्मीला है, हीरोइन चुलबुली है। हीरो उसे बचपन से चाहता है लेकिन कहने से डरता है।

यह है मेरी कहानी का वन लाइनर यानी सारांश! तो चलिए कहानी जमाने से पहले हीरो और उसके आस-पास वाले किरदार सेट करते हैं।

हमारा हीरो कलारी जानता है, तो ज़ाहिर है कि वह मलयाली यानी केरल का है क्योंकि ज़्यादातर कलारी सीखने वाले केरल के ही होते हैं। आपको मुश्किल से ही कोई ऐसा आदमी मिलेगा जो केरल का ना हो और कलारी में माहिर हो। हिंदी फ़िल्मों के उभरते सितारे विद्युत जमवाल उन चुनिंदा लोगों में से हैं, जो केरल के नहीं हैं और फिर भी इस विद्या में माहिर हैं। चलो ठीक है! तो ऐसा दिखाते हैं कि अपना हीरो मुंबई में कलारी के आख़िरी गुरु वी.के. नायर का बेटा है। मैंने नायर सरनेम ही क्यों चुना? जब मैंने रिसर्च की तो पाया कि नायर केरल के क्षत्रिय कहे जाते हैं और वे लोग ही परंपरागत कलारी के गुरु होते हैं। अगर आप सोचे-समझे बगैर हीरो का सरनेम अय्यर या राव रख देते तो हो सकता है कि आप हँसी के पात्र बन जाते और लोग आपको नौसिखिया समझते क्योंकि अय्यर एक तमिल सरनेम है और राव आंध्र प्रदेश का। इसलिए कहानी शुरू करने से पहले रिसर्च बहुत ज़रूरी है।

चलिए आगे बढ़ते हैं। हीरो जिसका नाम मैंने केशवन रखा है, उसके पिता कलारी के गुरु हैं। वे हड्डियों के वैद्य हैं लेकिन वक़्त के साथ चलने वालों में से हैं। इसलिए वे चाहते हैं कि उनका बेटा कलारी का गुरु और हड्डियों का असली डॉक्टर (ऑर्थोपेडिक सर्जन) बने।

यहाँ मैंने बाप की इच्छा इसलिए बताई क्योंकि अपना हीरो उनकी इच्छा के ख़िलाफ़ काम करेगा। तब जाकर एक कन्फ्लिक्ट पैदा होगा और जब भी बाप बेटे के सीन आएँगे तो दर्शकों को मज़ा आएगा।

तो यह तय हो गया कि हीरो गुरु नायर का बेटा है और चूँकि वो एक गुरु का बेटा है तो बचपन से कलारी करता है और उसमें माहिर है।

अब हमारी हीरोइन। सबसे पहले हमारे दिमाग़ में हीरो और हीरोइन की छवि होनी चाहिए। अगर एक अच्छा विरोधाभास भी हो तो और भी अच्छा रहता है। विरोधाभास मतलब अलगपन! अमीर-ग़रीब या अलग-अलग जाति वगैरह। लेकिन ऐसा तो हज़ारों फ़िल्मों में आ चुका है। तो फिर क्या विरोधाभास लाएँ? आइडिया! हीरो साधारण दिखता है और हीरोइन बहुत सुंदर है। जिन्हें केरल के बारे में

जानकारी है, वो इस बात से सहमत होंगे कि मलयाली महिलाओं में एक अजीब-सी सेक्स अपील होती है और उनके मर्द...ख़ैर जाने दें। लेकिन आप समझ गए मैं क्या कहना चाहता हूँ।

चलिए लड़के का तो बैकग्राउंड हो गया। अब हीरोइन पर गौर करते हैं। हीरोइन ख़ूबसूरत है तो अपना हीरो उसे कहाँ मिला? क्यों ना हम यह दिखाएँ कि वे दोनों मलयाली समाज के हैं और उनके पिता दोस्त हैं। यह ठीक रहेगा! तभी तो अपना हीरो उसे बचपन से जानता है। हीरो साधारण दिखता है और हीरोइन ख़ूबसूरत है। हीरो का बाप चाहता है कि वो कलारी सीखे और उनके बाद कलारी का कार्यभार सँभाले और एक अच्छा ऑर्थोपेडिक सर्जन बने लेकिन अपने हीरो को इन चीजों में कोई दिलचस्पी नहीं है। वो सिर्फ़ हीरोइन (एक अच्छा सा मलयाली नाम रखते हैं सिंधु) को चाहता है लेकिन हमारी हीरोइन सिंधु को उसमें कोई दिलचस्पी नहीं है।

चूँकि केशवन शर्मीला नौजवान है इसलिए उसे एक अच्छा दोस्त देते हैं, जो उतना ही बेझिझक और चंचल है। वह उसके बचपन का दोस्त है और एक सिर्फ़ वो ही है जो उसके दिल की बात जानता है। तो उसका नाम संतोष वाकडे रखते हैं, जिसे हम प्यार से वकड्या बुलाएँगे।

तो हीरो हो गया, हीरोइन हो गई, केशवन का बाप और सिंधु का बाप हो गया, एक अच्छा दोस्त हो गया और दोनों की माँएँ हो गईं, जिनके एक-दो सीन होंगे।

अब तक हमने लिखना शुरू नहीं किया है। अभी हम सिर्फ़ प्वॉइंट्स बना रहे हैं। अब यह सब सेट करने के बाद हमें कहानी में कोई अच्छा सा 'हुक' देना चाहिए। 'हुक' यानी एक ऐसी चीज़ जो हमारी कहानी में रोमांच लेकर आए और दर्शकों को बाँधकर रखे।

अब 'हुक' के बारे में सोचते हैं। यह सबसे मुश्किल है। अपनी फ़िल्म में क्या नयापन होना चाहिए, जो अभी तक किसी भी फ़िल्म में ना आया हो?

मैंने अख़बार की उस ख़बर को फिर से पढ़ा कि मुंबई की आख़िरी कलारी बंद हो रही है क्योंकि अब उसमें किसी की दिलचस्पी नहीं है।

बात तो सोचने वाली है। हम अपनी ख़ुद की खोजी गई विद्या में कोई दिलचस्पी नहीं लेते, जबकि कराटे, कुंग फू और ये अमेरिकी डब्ल्यूडब्ल्यूई (वर्ल्ड रेसलिंग एंटरटेनमेंट) खूब देखते हैं। आपने टीवी पर डब्ल्यूडब्ल्यूई तो देखा ही होगा, जिसमें भारी-भरकम पहलवान कुश्ती लड़ते हैं, एक दूसरे को मारते हैं, पटकते हैं। उसमें सब कुछ नकली और दिखावटी होता है लेकिन बहुत सारे लोग उसे देखते हैं और उसका मज़ा लेते हैं।

डब्ल्यूडब्ल्यूई से मुझे एक आइडिया आया। क्यों ना इसे किसी तरह से अपनी फ़िल्म में शामिल किया जाए। डब्ल्यूडब्ल्यूई को? लेकिन कैसे?

डब्ल्यूडब्ल्यूई तो ज़्यादातर अमेरिका में होता है। हमारे देश का खली भी वहाँ काफ़ी लोकप्रिय हुआ था। अमेरिका? हमें मालूम है कि हीरो हीरोइन से अपने दिल की बात कहना चाहता है लेकिन उसे मौक़ा नहीं मिल रहा। जब वो हिम्मत जुटाता है, तभी हीरोइन अमेरिका चली जाती है। हाँ, यह ठीक रहेगा! लेकिन हमारी हीरोइन अमेरिका क्यों जाएगी?

यहाँ पर आपका ज्ञान, आपकी रिसर्च काम आती है। क्या आपको मालूम है कि हिंदुस्तान में 75% नर्सें केरल की हैं? क्या आपको यह भी पता है कि अमेरिका में नर्सों की बहुत कमी है और वे लोग अच्छे-खासे वेतन पर भारत से नर्सें ले रहे हैं। अब मेरे दिमाग़ में एक ज़बरदस्त सेटिंग आ रही है।

अपना हीरो हीरोइन का दीवाना है और हमेशा उसी के सपने देखता रहता है। जब हाई स्कूल के बाद सिंधु ने नर्सिंग स्कूल ज्वॉइन कर लिया तो अपना हीरो भी उसी नर्सिंग स्कूल में दाख़िला ले लेता है ताकि तीन साल तक उसे सिंधु के क़रीब रहने का मौक़ा मिल जाए।

वैसे तो आपने कभी किसी मर्द को नर्स का काम करते नहीं देखा होगा लेकिन मर्दों पर ऐसी कोई पाबंदी नहीं है कि वो नर्स नहीं बन सकते। अब आएगा मज़ा क्योंकि बाप चाहता था कि बेटा डॉक्टर बने, एक सर्जन बने और हमारा हीरो तो एक नर्स बन गया। इससे बड़ी ट्रेजेडी क्या हो सकती है? बढ़िया सीन बनेंगे बाप और बेटे के बीच!

आप ये कल्पना कीजिए कि आपकी पत्नी या बहन अस्पताल में है और कोई मेल नर्स उसके क़रीब आता है तो आपको कैसा लगेगा? आप उसे भगा ही देंगे ना! यही हाल हमारे हीरो का होगा। हालात ही ऐसे हैं कि ना चाहते हुए भी हम लोगों को हँसी आएगी। हीरो पर तरस भी आएगा, इसीलिए दर्शक हीरो से जुड़ जाएँगे। याद रखिए कि एक बार दर्शक आपके हीरो से जुड़ गए तो आपकी कहानी हिट है। लेकिन वो बाद में, अभी तो हमें हीरोइन को हीरो से दूर भेजना है। मगर कैसे?

होता यह है कि नर्सिंग स्कूल के बाद सिंधु को तो एक अच्छे अस्पताल में नौकरी मिल जाती है लेकिन अपना हीरो एक सड़े हुए सरकारी अस्पताल में काम करता है। अपने दोस्त वकड्या की मेहरबानी से जो वहाँ वार्ड बॉय बन गया है।

एक दिन वकड्या केशवन का हौसला बढ़ाता है और उसे अपने दिल की बात कहने को बोलता है। केशवन मोटरसाइकिल स्टार्ट कर अपने दिल की बात कहने सिंधु के घर पहुँचता है तो पता चलता है कि सिंधु को अमेरिका में नौकरी मिल गई है। अपना हीरो गया तो था अपने दिल की बात कहने लेकिन वहाँ उसे सिंधु का सामान उठाना पड़ता है और उसे एयरपोर्ट छोड़ने जाना पड़ता है। ऐसे में अपने दिल की बात तो वो कहने से रहा!

इस तरह फ़िल्म के 15-20 मिनट के अंदर ही हीरोइन अमेरिका चली जाती है। अब अगर हीरो भी उसके पीछे-पीछे नहीं जाएगा तो आपकी कहानी आगे कैसे

बढ़ेगी? हीरो को अमेरिका भेजना पड़ेगा लेकिन यह आसान नहीं होना चाहिए। अमेरिका जाने के लिए उसे थोड़ा संघर्ष करना चाहिए।

चलो मान लो कि थोड़े-बहुत संघर्ष के बाद हीरो भी अमेरिका पहुँच गया (याद रहे कि हीरो भी नर्स है, इसलिए वो भी हीरोइन की तरह अस्पताल में नौकरी हासिल कर सकता है)। अब जब वो उससे अपने दिल की बात कहने की हिम्मत जुटा रहा है, तभी उसे पता चलता है कि हीरोइन की तो सगाई हो चुकी है। सगाई हो गई? किससे? तो वो है सुंजॉय दत्त, जो अमेरिका में भारतीय मूल का डब्ल्यूडब्ल्यूई चैंपियन है। हमारा हीरो जितना साधारण दिखता है, वो उतना ही आकर्षक है। 6 फुट 3 इंच का क़द, हैंडसम, लोकप्रिय, जिस पर अनगिनत लड़कियाँ अपनी जान छिड़कती हैं। क्यों? क्योंकि वो एक स्पोर्ट्स सुपर स्टार है। अब कहानी में आ गया विलेन! एक प्रतियोगी। अब हमारा साधारण-सा हीरो क्या करेगा?

सोचिए, हीरो को हीरोइन से बहुत प्यार है और वो उसे इंप्रेस करना चाहता है। तो वो क्या करेगा? क्या ऐसा नहीं हो सकता कि हीरोइन को इंप्रेस करने के लिए वो भी कुश्ती सीखे?

हाँ, यहाँ मज़ा आ सकता है। कुश्ती के स्कूल की सेटिंग, एकदम नया आइडिया है। अभी तक किसी भी फ़िल्म में नहीं दिखाया गया है। यहाँ कैसे दांव-पेच सिखाए जाते हैं, कैसे उठा-पटक की जाती है, हम वो सब दिखा सकते हैं। यह बढ़िया रहेगा! हीरो कुश्ती के स्कूल में भर्ती हो जाता है। अब क्या होगा?

उस स्कूल में जहाँ बाक़ी सब साढ़े छह फुट के हैं, वहीं अपना हीरो 5 फुट 9 इंच का है। जाहिर है कि दूसरे पहलवान उसका मज़ाक उड़ाएँगे और उसे पीटेंगे। हीरो मार खाता है, लड़ने की कोशिश भी करता है लेकिन कुछ कर नहीं पाता। यहाँ हमें अपने हीरो के प्रति सहानुभूति मिलेगी। अब क्या? टर्निंग प्वॉइंट कैसे आएगा? एक और ज़बरदस्त आइडिया आ रहा है। हीरो कलारी जानता है, है कि नहीं? एक दिन हीरो अपने देश के बारे में सोच रहा है और उसे अपने पिता जी याद आ रहे हैं। उसे उनके द्वारा सिखाई गई कलारी विद्या याद आ रही है। तो वो क्या करता है? सबके जाने के बाद, वो उस कुश्ती के स्कूल में कलारी विद्या की प्रैक्टिस करता है। वो सात-सात फुट ऊपर तक उछलता है, छलाँग लगाता है, वगैरह वगैरह। मैंने आपसे पहले कहा था कि हमें एक हनुमान की ज़रूरत है, जो सीता को वापस लाने में राम की मदद करे। अमेरिका में कौन हनुमान हो सकता है! ऐसा करते हैं कि इस कुश्ती के स्कूल में ही एक हनुमान का किरदार पैदा करते हैं। सोचिए! कौन हो सकता है?

आइडिया! इस स्कूल में एक साफ़-सफ़ाई करने वाला कर्मचारी है। जो हिंदुस्तानी है और काफ़ी उम्र-दराज़ है। जब हीरो की दोस्ती उससे होती है तो पता चलता है कि वो पुराने ज़माने का एक मशहूर पहलवान है, जो इंदिरा गांधी के हाथों 'रुस्तम-ए-

हिंद' का ख़िताब पा चुका है। ठीक है, लेकिन ऐसा पहलवान यहाँ साफ़-सफ़ाई का काम क्यों कर रहा है? कोई ठोस वजह भी होनी चाहिए। क्या वजह हो सकती है?

अब देखिए, हम कैसे अपनी कहानी के मूल बिंदु का इस्तेमाल करते हैं। मूल बिंदु क्या है? 'कलारी स्कूल बंद हो रहा है क्योंकि अब कोई कलारी नहीं सीखना चाहता।'

तो ऐसा करते हैं कि यह पहलवान बरसों पहले नाम कमाने की हसरत लिये हिंदुस्तान से अमेरिका आया था लेकिन यहाँ उसे पता चला कि अमेरिकी तो बहुत चालाक हैं। उन्होंने हमारी कुश्ती की नकल करके डब्ल्यूडब्ल्यूई के नाम से करोड़ों रुपए का कारोबार चला रखा है। वो कुछ नहीं कर पाता और देखते ही देखते सफ़ाई कर्मचारी का काम करने पर मजबूर हो गया। यह बढ़िया रहेगा! इसमें वो ट्रेजेडी भी है कि हमारी परंपरागत विद्या का कोई मोल नहीं रह गया है। जब यह पुराना पहलवान केशवन को ये अजीबोग़रीब दांव-पेच करते हुए देखता है तो उससे प्रभावित हो जाता है। वो केशवन को समझाता है कि अमेरिका एक चालाक और मौक़ापरस्त देश है, जो हमेशा कुछ ना कुछ नया करता रहता है।

तो नतीजा क्या होता है? वो पहलवान और केशवन मिलकर हमारी परंपरागत विद्या कलारी और इनकी डब्ल्यूडब्ल्यूई को मिलाकर कुछ नए दांव-पेचों का आविष्कार करते हैं। ऐसा करके हमारा हीरो कुश्ती की दुनिया में काफ़ी नाम कमा लेता है। वो पहलवान केशवन का नया नाम क्या रखता है? कलारी केशवन! हमें एक ज़बरदस्त टाइटल भी मिल गया।

अब आगे की कहानी यूं होगी कि हमारा हीरो विलेन की बराबरी पर आ गया है और हीरोइन उसे देखने लगी है। तो अब हमारा हीरो हीरोइन को कैसे हासिल करता है?

बन गई ना एक मज़ेदार रोमांटिक कहानी!

जब हम कहानी लिखना शुरू करेंगे तो मैं आपके साथ इस कहानी की लिखी गई पटकथा शेयर करूँगा, जिससे आपको बेहतर आइडिया मिलेगा।

तो आपने देखा कि आधे घंटे में कैसे हमने दो अखबारी ख़बरों से दो अलग-अलग शैलियों की कहानियाँ तैयार कर लीं। यह तो हमारा सिर्फ़ एक आउटलाइनर तैयार हुआ है। अभी तो उसमें और भी बहुत कुछ आएगा, जिसे मैं आपको विस्तार से बताऊँगा।

11

कहानी के विषय पर रिसर्च

एक अच्छे कहानीकार की सबसे बड़ी ख़ासियत होती है कि उसे किसी आम इंसान से थोड़ा ज़्यादा ज्ञान होता है। वो दिन में कम से कम 2-3 अख़बार पढ़ता है, घूमने-फिरने का शौक रखता है। इस घूमने-फिरने के दौरान वह देश के अलग-अलग प्रांतों की सभ्यता, वेशभूषा और खान-पान वगैरह को अनुभव भी करता है। ज़रूरी नहीं कि जो भी इंसान ऐसा करता है, वो एक अच्छा कहानीकार बन ही सकता है लेकिन एक अच्छा कहानीकार बनने के लिए ऐसा करना बहुत ज़रूरी है।

ऐसा करने से और अपनी कल्पनाशीलता दौड़ाने से ही कोई इंसान अच्छा कहानीकार बनता है क्योंकि वो अपने अनुभव और आँखों देखी चीज़ों को अपनी कल्पनाशीलता से जोड़कर अपने दर्शकों के सामने पेश कर सकता है। माध्यम चाहे जो हो, चाहे वह सिनेमा हो, अख़बार या किसी पत्रिका में कोई लेख लिखना हो या इंटरनेट पर कोई ब्लॉग लिखना या फिर चाहे कोई उपन्यास लिखना हो।

एक अच्छे लेखक के लिए ज़रूरी है कि वह अपनी कहानी पर ढंग से रिसर्च करे। मैं इस बारे में एक उदाहरण देना चाहूँगा। हमारी फ़िल्मों में जब हीरो पुलिस की नौकरी ज्वॉइन करता है और ट्रेनिंग से जब पहली बार सीधे घर पहुँचता है तो अक्सर उसकी वर्दी में 3 सितारे होते हैं। यह एक कच्चे लेखक की निशानी है, क्योंकि कंधे पर 3 सितारे हासिल करने के लिए आपको कम से कम 12-15 साल की नौकरी करनी पड़ती है। ये 3 सितारे तो डायरेक्टर यह बोलकर लगवा देता है कि 3 सितारे कंधे पर अच्छे लगेंगे। कुछ तो इतना भी नहीं सोचते! जब शूटिंग होती है तो सिर्फ़ ड्रेस डिपार्टमेंट में बोल देते हैं, एक पुलिस की वर्दी!' ड्रेस डिपार्टमेंट के इंचार्ज भी उनसे सवाल नहीं करते और ना ही डायरेक्टर या उनके असिस्टेंट साफ़-साफ़ बताते हैं कि ये वर्दी सब-इंस्पेक्टर की है या इंस्पेक्टर की या फिर किसी और सीनियर अफ़सर की!

इसी तरह, अगर आप कोई ऐसी कहानी लिख रहे हैं, जिसमें कोई लड़की माउंट एवरेस्ट पर चढ़ने जा रही है तो आपको माउंट एवरेस्ट की चढ़ाई के बारे में

शुरू से अंत तक सभी पहलुओं के बारे में पता होना चाहिए। ऐसा करने से आपको अपनी कहानी के लिए सामग्री मिलेगी और उसमें से ही आपको कहानी को मज़ेदार बनाने के तरीके सूझेंगे। अगर आपकी नायिका ने पहले कभी भी किसी पहाड़ पर चढ़ाई नहीं की है, तो आप ठीक उसी तरह पता करने की कोशिश कीजिए कि पर्वतारोहण कैसे सीखा जाए। उसके लिए किन-किन उपकरणों की ज़रूरत पड़ती है, वो कहाँ मिलते हैं और उनकी क़ीमत कितनी होती है, वगैरह वगैरह। अगर संभव हो तो आप ख़ुद पर्वतारोहण का एक बेसिक-सा कोर्स कर लीजिए, ताकि आपको अहसास हो सके कि वो होता क्या है। ऐसा करने से आप अपनी नायिका की परेशानियों और उसके संघर्ष को समझ पाएँगे और वो सारे भाव अपनी कहानी में ठीक से डाल पाएँगे।

एक्सरसाइज के तौर पर, क्यों ना आप यह पता करने की कोशिश करें कि एक इंसान को माउंट एवरेस्ट पर चढ़ने के लिए क्या-क्या चाहिए। आप उन सारी चीज़ों की लिस्ट बनाइए और देखिए कि कौन-कौन सी चीज़ें होती हैं और जब यह सब जानकारी आपको हो जाए तो उसे आप अपनी कहानी में इस्तेमाल कीजिए।

किसी भी कहानी के लिए रिसर्च करना बहुत ज़रूरी होता है और रिसर्च कैसे की जाए यह मैं आपको विस्तार से आगे बताऊँगा।

12

कहानी बनाने की शुरुआत

यह बिल्कुल सीधी-सी बात है कि अगर आपकी फ़िल्म की कहानी अच्छी नहीं है तो आपकी फ़िल्म भी अच्छी नहीं होगी। मैंने अक्सर फ़िल्म लाइन में देखा है कि जब भी कोई फ़िल्म फ़्लॉप हो जाती है, तो प्रोड्यूसर और अन्य कलाकार तरह-तरह के कारण देते हैं, जैसे कि 'हीरो की पिछली फ़िल्म फ़्लॉप हो गई थी इसलिए यह भी फ़्लॉप हो गई', 'पब्लिसिटी ठीक से नहीं हुई', 'त्योहार का सीज़न था', 'गर्मियाँ ज़्यादा थीं', 'दुश्मनों ने पनौती मार दी', लेकिन वे लोग यह बात बिल्कुल भी नहीं समझना चाहते कि फ़िल्म के फ़्लॉप होने का सबसे बड़ा कारण होता है उसकी कहानी! इसके अलावा भी बहुत सारे कारण होते हैं, लेकिन 80% कारण फ़िल्म की कहानी ही होती है। इतनी बेसिक और मूलभूत बात अब तक ज़्यादातर प्रोड्यूसर्स समझ नहीं सके हैं।

एक अच्छी फ़िल्म बनाने के लिए बहुत सारी चीज़ों की ज़रूरत पड़ती है लेकिन उनमें सबसे ज़्यादा अहमीयत कहानी की होती है।

किसी भी फ़िल्म की कहानी की शुरुआत एक लहर से होनी चाहिए और धीरे-धीरे उस लहर को एक सुनामी का रूप ले लेना चाहिए। सुनामी की शुरुआत किसी छोटी-सी लहर से होती है जो किनारे तक आते-आते एक तूफ़ान बन जाती है। ठीक उसी तरह आपकी कहानी एक छोटी-सी लहर से शुरू होनी चाहिए और जैसे-जैसे आपकी फ़िल्म आगे बढ़ती है, वो कहानी विस्तृत और प्रभावी बन जानी चाहिए। यह ध्यान रखें कि किसी सुनामी की तरह आपकी कहानी को भी अपनी चरम सीमा पर पहुँचने तक अपनी रफ्तार और तनाव नहीं खोना चाहिए। चरम सीमा से मेरा मतलब फ़िल्म के क्लाइमेक्स यानी कि उसके अंत से है।

कहानी लेखन ऐसा ही होना चाहिए। कोई घटना या कोई हादसा होता है और उस हादसे से कुछ और होता है, जिससे आगे कुछ और होता है। यह जो तनाव और राहत या धूप और छांव जैसा खेल है, वही आपकी कहानी को रोमांचक बनाता है।

कहानी के सारे किरदारों का परिचय हो जाने के तुरंत बाद इसमें एक 'लॉक' यानी ताला लग जाना चाहिए। ताले से मेरा मतलब है दायरा यानी एक 'फ्रेम'। मैं आपको इसका एक उदाहारण देता हूँ। 'लगान' में जिस वक़्त शर्त लग जाती है और भुवन कह देता है कि 'मंजूर है' वहीं उसकी कहानी में ताला लग जाता है। आख़िर यह ताला है क्या ? यह ताला है—'या तो क्रिकेट खेलो या दोगुना लगान भरो!' जब एक बार यह ताला लग गया तो उसके बाद ना तो आपका हीरो पीछे हट सकता है और ना आपका विलेन! यही ताला यानी 'लॉक' किसी भी अच्छी कहानी का सबसे अहम पहलू होता है।

कुछ नौसिखिए लेखक इस ग़लतफ़हमी में रहते हैं कि वे बहुत अच्छे किरदार की रचना कर सकते हैं। उन्हें लगता है कि किसी भी कहानी को शुरू करने के लिए उन्हें बस अपने ताऊ के बेटे या अपने बचपन के किसी ठरकी दोस्त या अपने गणित के मास्टर जी को याद करना है और बाक़ी की सारी डिटेल्स अपने आप सुलझ जाएँगी।

कुछ लेखक तो यह भी समझते हैं कि भले ही उनके पास किसी किरदार पर कोई 'लॉक' ना हो लेकिन उनके लिखे हुए डायलॉग ज़बरदस्त होते हैं। उन्हें लगता है कि सिर्फ़ उनके डायलॉग के दम पर कोई उनकी कहानी खरीद लेगा और फ़िल्म बना डालेगा।

कुछ लेखकों को यह ग़ुमान होता है कि वे कहानी बड़ी अच्छी लिखते हैं। वो मानते हैं कि कहानी लिखना दुनिया का सबसे आसान काम है। इसमें करना ही क्या है! ये होता है, फिर ये होता है, और फिर कुछ और होता है! बस! उन्हें तो बस कुछ अच्छे किरदारों को साथ में लाना होता है और उन्हें कुछ डायलॉग देने होते हैं। बस बन गई कहानी!

लेकिन हक़ीक़त कुछ और है। कोई भी कहानी यूं ही अपने आप नहीं बन जाती। लेखक को कहानी बनानी पड़ती है। यही वजह है कि बड़ी-बड़ी प्रोडक्शन कंपनियों में कोई 'आइडिया डिपार्टमेंट' या 'कैरेक्टर डिपार्टमेंट' या 'डायलॉग डिपार्टमेंट' नहीं होता। जबकि एक कहानी डिपार्टमेंट होता है।

वैसे तो एक पटकथा के सभी पहलू ज़रूरी होते हैं और कोई भी पहलू स्वतंत्र रूप से खड़ा नहीं हो पाता लेकिन इनमें सबसे ज़्यादा महत्त्वपूर्ण पहलू कहानी ही है। और एक अच्छी कहानी का सबसे अहम पहलू है उसका ढाँचा (स्ट्रक्चर) ! आपकी कहानी का ढाँचा यानी बनावट ही काफ़ी हद तक तय करेगी कि आपकी कहानी और पटकथा कितनी दिलचस्प है।

तो सबसे पहले हम अपनी कहानी का वन लाइनर तैयार कर लें। अपनी कहानी कलारी केशवन का उदाहरण लें तो उसका वन लाइनर कुछ यूं होगा :

'एक साधारण-सा दिखने वाला लड़का है, केशवन। वो कलारी विद्या में

पारंगत हैं और वो एक लड़की सिंधु से बहुत प्यार करता है। सिंधु बहुत ख़ूबसूरत है और केशवन उससे अपने दिल की बात कहने से डरता है। एक दिन पता चलता है कि सिंधु अमेरिका चली गई है और उसकी सगाई हो गई है। अब केशवन को भी अमेरिका जाना है और एक बार हिम्मत जुटाकर उसे बोल देना है कि वो उसे बचपन से चाहता है।'

यह हुआ आपकी कहानी का वन लाइनर! अब आगे कुछ भी करने से पहले, हमें कैरेक्टर्स को संवारना पड़ेगा, उन्हें दिलचस्प बनाना पड़ेगा।

13

अच्छे किरदार की रचना

जैसे हर इंसान की कोई ना कोई पहचान होती है, ठीक उसी तरह आपकी फ़िल्म के हर किरदार की भी एक छवि होती है, जो आपकी पटकथा में उभरकर सामने आती है। वह किरदार चाहे आपका नायक हो या आपका खलनायक या फिर अन्य दूसरे किरदार। हर किरदार व्यवहार में दूसरे किरदार से अलग होता है, क्योंकि उसकी सोच दूसरों से अलग होती है। पहले एक बार आप यह तय कर लीजिए कि मेरी कहानी यह है कि एक लड़की अपने पिता की लाश को माउंट एवरेस्ट से नीचे लाने का बीड़ा उठाती है, ताकि उसका अंतिम संस्कार किया जा सके। इसके बाद आपको अपनी इस कहानी के सारे किरदारों की रचना करनी है। यह आपके लिए है ना कि आपके दर्शकों के लिए क्योंकि जो किरदार आप रच रहे हैं, उन्हें आप दर्शकों को उनके व्यवहार और उनकी बोल-चाल से दिखाएँगे। इसलिए आपको लिखना शुरू करने से पहले अपने हर किरदार की तमाम विशेषताएँ तय कर लेनी होंगी ताकि वे उभरकर आ सकें। यह कैसे करेंगे? बहुत आसान है!

कोई भी इंसान जो व्यवहार करता है, उसे क्यों करता है? वह क्या सोचता है? वह कैसे महसूस करता है? यह सब तीन पहलुओं से तय होता है (i) उसका शारीरिक पहलू (ii) उसकी पृष्ठभूमि (iii) उसका मनोवैज्ञानिक पहलू।

शारीरिक पहलू : इंसान की शारीरिक बनावट का उसके व्यवहार पर गहरा असर पड़ता है। अगर कोई इंसान कद में छोटा है तो उसका व्यवहार अलग तरह का होगा और अगर कोई कद में लंबा है तो उसका दुनिया देखने का नज़रिया अलग होगा। ठीक इसी तरह, अगर वह दिखने में अच्छा है तो भी उसका बर्ताव ऐसे आदमी से अलग होगा जो दिखने में साधारण है।

पृष्ठभूमि : इंसान की सोच उसकी पृष्ठभूमि पर निर्भर होती है। ग़रीबी और अमीरी में पलने वाले दो अलग-अलग इंसानों की सोच भी बिल्कुल अलग-अलग होगी। ठीक इसी तरह, किसी अच्छे पढ़े-लिखे इंसान की सोच किसी अनपढ़ इंसान से अलग होगी। हम किस हालात में कैसा बर्ताव करते हैं, यह काफ़ी हद तक हमारी पृष्ठभूमि पर ही निर्भर करता है।

मनोवैज्ञानिक पहलू : ऊपर बताए गए दोनों पहलुओं का मिश्रण ही हमारे व्यवहार, प्राथमिकताओं और इच्छाओं वगैरह को निर्धारित करता है।

अपने किरदारों के इन तीनों पहलुओं को समझने से आपको उनकी फ़ितरत के बारे में अच्छी खासी जानकारी हासिल हो जाएगी और आपको एक अच्छे किरदार की रचना करने में काफ़ी मदद मिलेगी। चूँकि आप ख़ुद ही अपनी क़लम के जरिए अपने किरदार की रचना करते हैं, इसलिए यह आपको ही तय करना होता है कि आपका नायक किस तरह का बर्ताव करेगा।

जब एक बार संक्षेप में आपकी कहानी तय हो जाती है और आप अपने मुख्य किरदारों की पहचान कर लेते हैं तो सबसे पहले उपरोक्त तीनों पहलुओं के हिसाब से उनकी एक बायोग्राफ़ी तय कर लें, जिसमें नीचे लिखी चीज़ें होनी चाहिए।

शारीरिक पहलू

- लिंग
- उम्र
- कद-काठी (लंबाई/चौड़ाई)
- वर्ण (सांवला/गोरा)
- दिखने में कैसा है (अच्छा/साधारण/बुरा)
- कोई विकलांगता है क्या (लंगड़ा/हकला/दृष्टिहीन)

पृष्ठभूमि

- वर्ग—साधारण वर्ग, मध्यम वर्ग, उच्च वर्ग।
- घरेलू जीवन—माँ-बाप के साथ संबंध, परिवार का प्रभाव।
- दोस्त—कैसे हैं, कितने हैं, कब से हैं।
- पढ़ाई-लिखाई—कैसे स्कूल में पढ़ाई की, कैसे नंबर आते थे, पसंद, नापसंद।
- काम-धंधा—व्यवसाय क्या है, काम के प्रति उसका रवैया, महत्त्वाकांक्षा, योग्यता वगैरह।
- धार्मिक सोच (अगर कोई हो तो)—क्या है, किस हद तक है, कैसे जताता है।
- राजनीतिक सोच (अगर कोई हो तो)—क्या है, कैसे जताता है।

मनोवैज्ञानिक पहलू

- यौन जीवन (सेक्स लाइफ़)
- नैतिकता/जीवन-मूल्य

- महत्त्वाकांक्षा
- सोच—आशावादी, निराशावादी, उग्र, सहज-सरल
- जीवन के प्रति सोच—ग़ुस्सा, अप्रत्याशित, उत्साही
- अन्य विशेषताएँ—कल्पनाशील, बौद्धिक कौशल

इसके अलावा, किसी भी अच्छे किरदार के सबसे महत्त्वपूर्ण पहलू निम्नलिखित होते हैं :

1. **कुछ हासिल करने की ख़्वाहिश**—कोई भी फ़िल्म तभी रोमांचक बनती है, जब हमारे नायक को कुछ हासिल करना होता है। वो चाहे दौलत हो, बदला हो, नायिका हो या कुछ और। यह पहले 10–15 मिनट में ही तय हो जाना चाहिए कि आपके हीरो को फ़िल्म में क्या हासिल करना है। क्या उसे माउंट एवरेस्ट पर चढ़ना है? क्या उसे अमेरिका जाना है? और यह सब करने के लिए उसकी प्रेरणा क्या है?

   केशवन को सिर्फ़ अमेरिका जाना है और सिंधु से कहना है कि वो उसे बचपन से चाहता है। बस!
2. **दुनिया देखने का नज़रिया**—किसी भी अच्छे किरदार का दुनिया देखने का हमेशा एक अलग नज़रिया होता है। चाहे वह अच्छा हो या बुरा। यह कहाँ से आएगा? जाहिर है उसकी पृष्ठभूमि से! अगर हीरो का बाप बहुत शराब पीता था और उसे बहुत मारता था, तो जाहिर है कि हमारे हीरो को शराब से नफ़रत होगी। अगर हीरो ने अपनी माँ को मेहनत करते हुए देखा था तो उसे औरतों के प्रति सहानुभूति होगी। वास्तव में, हीरो का दुनिया देखने का नज़रिया उसके बचपन या उसकी पृष्ठभूमि पर निर्भर करता है। '3 इडियट्स' में रैंचो अपने मालिक के बेटे की पुरानी यूनिफ़ॉर्म पहनकर स्कूल जाया करता था। क्यों? क्योकि जब वो अपने मालिक के बेटे को और दूसरे बच्चों को स्कूल जाते देखता था, तो उसका भी मन करता था कि काश वो भी घर पर काम करने के बजाय इनकी तरह स्कूल जा पाता! अगर रैंचो नियमित रूप से किसी स्कूल में जाता तो क्या वो ऐसा कर पाता? बिल्कुल नहीं!
3. **व्यवहार**—हर किरदार का दुनिया के प्रति एक व्यवहार होता है। वह सकारात्मक भी हो सकता है और नकारात्मक भी, श्रेष्ठता बोध से भरा हो सकता है या कमतरी से ग्रस्त भी।
4. **बदलाव**—कहानी के दौरान एक अच्छे किरदार को विकसित होते हुए दिखाना अच्छा होता है। उसके व्यवहार में कोई ना कोई बदलाव आना चाहिए। यह बदलाव हीरो की कुछ हासिल करने की ख़्वाहिश पर निर्भर करता है। यह बदलाव क्या और कितना होगा, यह हमारे हाथ में है।

मिसाल के तौर पर, 'खाकी' फ़िल्म में अक्षय कुमार का जो किरदार है, उसे घूस लेने वाला और अपनी ज़िम्मेदारी से भागने वाला दिखाया गया है लेकिन फ़िल्म के अंत तक वही किरदार एक ज़िम्मेदार पुलिस वाले के किरदार में बदल जाता है। इसी फ़िल्म में तुषार कपूर का किरदार शुरुआत में एक ईमानदार और नियम-क़ायदे मानने वाले इंस्पेक्टर का है, जो अंत में अजय देवगन के किरदार का चालाकी से एनकाउंटर करा देता है। यानी किसी भी अच्छे किरदार के लिए बदलाव ज़रूरी है।

5. **कमज़ोरियां**—इंसान होने के नाते हम सभी में कोई ना कोई कमज़ोरी होती है, जो हमारे व्यवहार को प्रभावित करती है। यही कमज़ोरी हमारे हीरो को दर्शकों से जोड़कर रखेगी।
6. **आदत**—हम सबकी कोई ना कोई आदत भी होती है। किसी को बार-बार अपने बालों में हाथ फिराने की आदत होती है या किसी को आईने में देखने की आदत होती है। यह आदत एक अच्छे किरदार को उभारने में मददगार होती है और यह देखने में भी अच्छा लगता है। अगर आप इनमें से किसी आदत को कहानी मे जोड़ देते हैं, और उस आदत का कहानी में कोई योगदान होता है, तो दर्शकों को और भी मज़ा आ सकता है। लगे रहो मुन्नाभाई में लकी सिंह का जो किरदार है, उसे सेलिब्रटीज के साथ फ़ोटो खिंचवाने का शौक है। वो ऐसा फ़ोटो खिंचवाता है और फ़ोटोग्राफ़र को कह देता है कि इसमें सेलिब्रटी डाल दो। ऐसा करने से उसका किरदार खास तौर पर उभरकर आया।
7. किरदारों की रचना करने में इसकी अहम भूमिका होती है कि वह क्या हासिल करना चाहता है। दूसरे शब्दों में, मकसद किरदार की जान होती है। इसलिए सबसे पहले यह स्थापित करना जरूरी है कि हीरो को क्या हासिल करना है? यह आपकी कहानी का अंत होगा। 'लगान' में भुवन का मकसद मैच जीतना है। उससे पहले उसे कई चुनौतियों का सामना करना पड़ेगा लेकिन उन सबसे पार पाने के बाद उसे मैच ही जीतना है। यह उसे किसी भी हालत में हासिल करना है।

ठीक इसी तरह, कैप्टन रसेल को क्या हासिल करना है? भुवन की टीम को मैच हर हाल में हारता हुआ देखना चाहता है। अब जब दोनों किरदारों की ख़्वाहिश इतनी मजबूत है तो कहानी तो रोमांचक बननी ही है। दोनों अपनी-अपनी ओर से पूरी कोशिश करेंगे कि उनकी अपनी टीम मैच जीते।

अब हम इसकी चर्चा करेंगे कि ऊपर बताई गई चीज़ों को ध्यान में रखते हुए एक अच्छे किरदार की रचना कैसे की जाती है।

पहले कह चुका हूँ कि कहानी लिखने से पहले उसके सारे मुख्य किरदारों की

रचना कर लेना आवश्यक है। इसके लिए यह जानना बहुत ही महत्त्वपूर्ण है कि फ़िल्मों के लिए किसी भी किरदार के दो अतीत होते हैं। एक उसके पैदा होने से लेकर फ़िल्म शुरू होने तब तक, और दूसरा फ़िल्म के शुरू होने से लेकर फ़िल्म के ख़त्म होने तक।

तो एक्सरसाइज के तौर पर आपको अपने किरदार के दो अतीत लिखने होंगे। पहले उसके पैदा होने से लेकर और फ़िल्म के शुरू होने तक।

अगर आपका किरदार 25 साल का है, तो एक पन्ने पर आप उसकी कहानी लिखिए। यह आपके ऊपर है कि आप क्या लिखना चाहते हैं। मसलन, आप यह लिख सकते हैं कि उसका बचपन कैसा था, उसकी पढ़ाई-लिखाई कैसी थी, उसके दोस्त कैसे थे, उसके अंदर कौन सी कमज़ोरी है, उसे किस बात पर ग़ुस्सा आता है, क्या उसे जानवरों से प्यार है, वगैरह वगैरह। हो सकता है कि इनमें से ज़्यादातर चीज़ें आपके काम ना आएँ लेकिन ये किसी को दिखाने के लिए नहीं हैं, बल्कि सिर्फ़ आपके लिए है। ये चीज़ें आपके किरदार को उभारने में आपकी मदद करेंगी।

विस्तार से हीरो, हीरोइन और विलेन की बायोग्राफ़ी लिख लेने के बाद बाक़ी दूसरे किरदारों की बायोग्राफ़ी भी लिख लीजिए। सिर्फ़ अपने लिए, ताकि आपको आइडिया मिल जाए कि आपके अमुक किरदार की पृष्ठभूमि क्या है।

मैंने देखा है कि नए लेखक किरदार को रोमांचक बनाने के लिए उसे हकला या तोतला बना देने जैसी आसान तरकीब अपनाते हैं। ऐसा करना ठीक नहीं है क्योंकि ऐसा बहुत सारी फ़िल्मों में आ चुका है। निजी तौर पर भी मैं यह मानता हूँ कि किसी की अक्षमता को दिखाकर आपको किसी और का मनोरंजन नहीं करना चाहिए। यह बहुत ही घटिया बात होगी। गौरतलब है कि किसी की शारीरिक अक्षमता मात्र ही उसके व्यक्तित्व की सर्वप्रमुख विशेषता नहीं हो सकती।

किरदार की बायोग्राफ़ी तैयार कर लेने के बाद अपने किरदार की रचना करना शुरू कर सकते हैं।

ध्यान रखिए कि सबसे पहले आपको कहानी तैयार करनी है, फिर किरदार और उसके बाद पटकथा!

आप जिस किरदार की रचना करेंगे, वह आपकी कहानी पर ही निर्भर करेगा। कुछ नौसिखिए लोग पहले किरदार तैयार करते हैं और फिर कहानी ढूँढ़ने निकलते हैं। वो सोचते हैं कि इस किरदार को उस कहानी का हीरो बना देंगे। किसी भी नए लेखक के लिए यह तरीका ठीक नहीं है।

तो अब हम अपने किरदार को उभारते हुए उसे दिलचस्प बनाते हैं ताकि वह पूरी फ़िल्म को अपने कंधों पर ले जा सके।

फ़िल्म बनाना एक बहुत ही महँगा काम है। फ़िल्म निर्माण में पैसा लगनेवाले लोग इससे अपनी लागत की वसूली के साथ-साथ अच्छे-खासे मुनाफ़े की भी

उम्मीद करते हैं। हमारी हिंदी फ़िल्म इंडस्ट्री हीरो आधारित है। इसका मतलब ज़्यादातर लोग फ़िल्म में हीरो कौन है, यह देखने के लिए ही जाते हैं। अगर गिनती करें तो हिंदी फ़िल्म इंडस्ट्री में कुल मिलाकर 20 हीरो हैं जिन्हें बिकाऊ कहा जाता है और अगर उनकी फ़िल्में सुपरहिट न भी हों तो कम से कम अपनी लागत तो वसूल ही लेती हैं। अगर फ़िल्म इंडस्ट्री के टॉप के हीरो को लेकर कोई फ़िल्म बनती है तो उसकी लागत कम से कम 30-40 करोड़ रुपए तो होती ही है और इतना पैसा हर किसी के पास नहीं है। इसलिए कुछ प्रोडक्शन हाउस और स्वतंत्र निर्माता कंटेंट आधारित सिनेमा चाहते हैं। कंटेंट आधारित सिनेमा यानी एक ऐसी धांसू कहानी, जिसमें दर्शकों को मज़ा आए। अब कंटेंट आधारित सिनेमा का दौर शुरू हो गया है। अगर 2012 की फ़िल्मों पर नज़र दौड़ाएँ तो पाएँगे कि 'विकी डोनर', 'कहानी' और 'गैंग्स ऑफ़ वासेपुर' जैसी फ़िल्मों को पब्लिक ने खूब सराहा। ये सारी फ़िल्में 8-10 करोड़ के बजट में बनी हैं। गौर करने वाली बात यह है कि इन फ़िल्मों के लेखक नए हैं और ये उनकी पहली फ़िल्में हैं।

अगर आप एक लेखक के तौर पर फ़िल्म इंडस्ट्री में अपना मुकाम बनाना चाहते हैं तो आपको ऐसी कहानी की रचना करनी पड़ेगी, जो किसी ने सोची भी ना हो। याद रखें कि जितने भी प्रोडक्शन हाउस और प्रोड्यूसर्स हैं, वे सब के सब एक अच्छी कहानी की तलाश में हैं। अगर आप एक स्ट्रगलिंग एक्टर हैं और आप किसी प्रोडक्शन हाउस के ऑफ़िस में जाते हैं तो मैं दावे के साथ कह सकता हूँ कि वहाँ का ऑफ़िस बॉय ही आपको भगा देगा लेकिन अगर आप लेखक हैं तो वो कम से कम आपकी मुलाक़ात कंपनी के किसी बड़े अधिकारी से ज़रूर करा देगा। सभी को कहानी की बहुत ज़रूरत है। कहानी लिखने के बाद प्रोड्यूसर्स और डायरेक्टर्स से कैसे मिलें, यह मैं 'अपनी पटकथा कैसे बेचें' अध्याय में विस्तार से बताऊँगा।

फिलहाल एक किरदार की रचना करते हैं।

आप जो भी किरदार रचेंगे, उसे परदे पर कोई ना कोई एक्टर अदा करेगा। कोई भी एक्टर सबसे पहले यह देखता है कि मुझे इस फ़िल्म में कैसी भूमिका करने को मिल रही है। कई एक्टर देखते हैं कि चलो 3-4 फ़ाइट सीन हैं, 2-3 गाने हैं, लेकिन इस फ़िल्म में मुझे क्या अलग करने को मिल रहा है। अगर कोई समझदार एक्टर है तो वो यह देखेगा कि उसे किस रेंज के इमोशंस या अपनी एक्टिंग दिखाने के कितने मौक़े मिल रहे हैं। इसलिए जो आपका मुख्य किरदार है, उसका ग्राफ़ ऐसा होना चाहिए कि उसे फ़िल्म में अपनी हीरोगीरी, अपनी समझ और अपनी बॉडी (अगर अच्छी है तो) दिखाने के भरपूर मौक़े मिलें। यह बात ध्यान रखें कि आप जब भी किसी कहानी की रचना करें तो कभी भी किसी हीरो की छवि अपने मन में रखकर न लिखें। ऐसा करने से आप बंध जाएँगे। आप अपने हिसाब से अपनी कहानी के हीरो की रचना कीजिए। अगर आपकी कहानी बिक जाती है और उस टाइप का हीरो

नहीं मिल पाता तो बाद में हीरो की उपलब्धता के हिसाब से आपकी कहानी में थोड़ा-बहुत फेरबदल हो सकता है। नहीं तो कोई ऐसा हीरो इंट्रोड्यूस किया जाएगा जो आपकी कहानी के हीरो के किरदार के साथ न्याय कर सके।

जिस किरदार को आपके दर्शक पसंद करें, ऐसे किरदार की रचना करने के तीन नियम हैं :

(i) किरदार घिसा-पिटा या रटा-रटाया ना हो
(ii) उसे आपके दर्शकों की सहानुभूति मिले
(iii) कहानी के दौरान उस किरदार में बदलाव या विकास दिखे

मैं ऐसे कई लेखकों से मिला हूँ जो मानते हैं कि वे कहानी की रचना करने में थोड़े कच्चे हैं लेकिन वे बड़े गर्व से यह कहते हैं कि वे बहुत ही बढ़िया, रंगीले और उम्दा किरदार की रचना कर सकते हैं।

उन्हें सिर्फ़ अपने परिवार में झांकना होता है। उनका कोई चचेरा भाई होता है, जिसने अपनी ज़िंदगी में कभी भी कोई अच्छा काम नहीं किया है और जो हमेशा शरारत करता रहता है। क्या हर परिवार में ऐसा एक आध नमूना नहीं होता? क्या आपके कॉलेज में ऐसा कोई बंदा नहीं था, जो हमेशा शरारत करता रहता हो? क्या आपने कहानी लिखने से पहले अपने जॉब में या बिज़नेस में कभी ऐसा कोई आदमी नहीं देखा जो अपनी कंजूसी के लिए चर्चित हो?

आपको ऐसा लगेगा कि आपका सोचा गया किरदार आपकी कहानी में थोड़ा बहुत रोमांच लेकर आएगा लेकिन अगर आपका किरदार आपकी फ़िल्म के दौरान बदलता नहीं है या विकास नहीं करता या उसका दुनिया को देखने का नज़रिया नहीं बदलता, तो वह फीका पड़ जाएगा और आगे जाकर आपके दर्शक उससे ऊब जाएँगे।

आपका किरदार भी आपकी कहानी के साथ-साथ धीरे-धीरे खुलना चाहिए। अगर आपने अपने किरदार के बारे में सब कुछ पहले पांच मिनट में ही बता दिया तो आपके दर्शक उससे बोर हो जाएँगे।

फ़िल्म 'खाकी' में अक्षय कुमार का जो किरदार है, वो एक घूसखोर और अपनी ज़िम्मेदारियों से भागने वाला किरदार है लेकिन कहानी के अंत तक आते-आते वो एक ज़िम्मेदार देशभक्त पुलिस अफ़सर बन जाता है और अपनी जान तक दे देता है।

फ़िल्म 'सरकार' (जो अंग्रेजी फ़िल्म 'गॉडफ़ादर' से प्रेरित है) में अभिषेक बच्चन का किरदार अपने पिता के काम-काज से एकदम अलग रहता है। उसे कुछ दिन बिताकर वापस अमेरिका लौटना है लेकिन फ़िल्म के अंत तक वो अपने पिता की जगह ले लेता है।

अच्छे किरदार की ख़ासियत यही है कि वो शुरू कहीं और से हो और उसका अंत कुछ और हो।

ऐसे किसी किरदार की रचना करना आसान नहीं है, जो परदे पर आते ही दर्शकों को पसंद आ जाए। एक बार ऐसा हो जाने के बाद, आपके लिए चुनौती होती है कि उसे कैसे उभारकर लाएँ।

सहानुभूति

शरारती, सनकी, झक्की या मज़ाकिया किरदार किसी भी सीधे-सादे किरदार से कहीं ज़्यादा दिलचस्प होता है। कम से कम परदे के लिए तो यह बात पूरी तरह सच है। अगर दर्शकों के मन में आपके किरदार के लिए सहानुभूति पैदा हो गई तो समझ लीजिए कि आपका आधा काम हो गया।

अगर एक बार किरदार के साथ दर्शकों की सहानुभूति जुड़ जाती है तो फिर उनके लिए फ़िल्म देखना मनोरंजक कार्य बन जाता है और वे प्रार्थना करने लगते हैं कि उनका हीरो अपने इरादों में क़ामयाब हो जाए।

क्या आप नहीं चाहते थे कि 'लगान' का भुवन क्रिकेट मैच जीते? क्यों? क्योंकि आपको उससे सहानुभूति हो गई थी।

क्या 'सरफ़रोश' फ़िल्म में आपकी सहानुभूति इंस्पेक्टर सलीम के साथ नहीं थी? बेशक थी, क्योंकि वो किरदार रचा ही ऐसा गया था। आतंकवाद के बारे में कई सारी फ़िल्में आईं, जिनमें से ज़्यादातर सभी फ़िल्मों में एक ऐसा मुसलमान किरदार था, जो हिंदुस्तान के लिए लड़ता है। लेकिन इन सबमें क्या आपको इंस्पेक्टर सलीम सबसे पहले याद नहीं आता? बिल्कुल आता है क्योंकि उसका किरदार रचने में उतनी ही मेहनत की गई जितनी एसीपी राठौड़ का किरदार रचने में की गई थी। सलीम, राठौड़ और यहाँ तक कि फटका के किरदार के साथ भी लोगों को सहानुभूति थी। इसीलिए ये किरदार हमें इतने सालों बाद भी अच्छी तरह याद हैं।

घिसे-पिटे किरदार/कहानी

हिंदी फ़िल्मों की एक बड़ी कमज़ोरी है कि वे एक्टर को एक छवि में क़ैद (टाइपकास्ट) कर देती हैं। अगर किसी ने एक फ़िल्म में विलेन का अच्छा रोल कर लिया तो सब उसे अपनी फ़िल्मों में वैसा ही रोल ऑफ़र करेंगे। बोमन ईरानी ने कई फ़िल्मों में पारसी बावा का रोल किया है और उसी तरह परेश रावल ने गुजराती का। बात करने का वही ढंग, वही अदाएँ और कपड़े पहनने का वही तरीक़ा! बोरिंग और पकाऊ! यह बात सिर्फ़ एक्टर तक ही सीमित नहीं है, दूसरे तकनीशियनों पर भी यही बात लागू होती है। एक छाप पड़ गई है कि अमुक डायरेक्टर प्रेम कहानी बड़ी कमाल की बनाता है, अमुक लेखक कॉमेडी बहुत ज़बरदस्त लिखता है या फिर अमुक लेखक सस्पेंस ड्रामा बहुत कमाल का लिखता है।

याद रखिए कि लेखक सिर्फ़ दो ही प्रकार के होते हैं, अच्छे और बुरे। अच्छे

लेखक वे होते हैं, जिनकी कहानी या किरदार घिसे-पिटे नहीं होते। उनकी कहानियों और उनके किरदारों में विविधता होती है। यही एक अच्छे लेखक की सबसे बड़ी पहचान है।

रामगोपाल वर्मा ने अपनी पहली हिंदी फ़िल्म 'शिवा' में विलेन के किरदार को बहुत ही बढ़िया ढंग से दिखाया था। उसे क्रिकेट देखने का शौक था। गौर कीजिए कि जब भी वो अपने कमरे में होता है तो क्रिकेट मैच चल रहा होता है।

इसी तरह, अगर आपकी फ़िल्म में कोई पुजारी है और आप दिखा रहे हैं कि उसे जुआ खेलने का या पुराने गाने सुनने का शौक है तो उसका किरदार और भी उभरकर आएगा। यह बिल्कुल भी ज़रूरी नहीं कि आपका पुजारी हाथ में माला लिये भगवान का जाप ही करता रहे। मौक़ा पड़ने पर आप उसे तीन पत्ती खेलते हुए भी दिखा सकते हैं। आप अपनी कहानी और किरदारों में कुछ नयापन लाइए। अपने किरदार को रोमांचक बनाने का एक सबसे आसान तरीक़ा है कि आप 'प्रचलित चीज़ के उलट करें'।

हाल ही में सुजीत सरकार और जूही चतुर्वेदी द्वारा लिखी गई फ़िल्म 'विकी डोनर' में जिस तरह से सास-बहू का रिश्ता दिखाया गया, वैसा शायद ही किसी फ़िल्म में दिखाया गया हो। वैसे तो दोनों एक दूसरे से कतराती हैं लेकिन रात को दोनों साथ बैठकर शराब पीती हैं। कितना बढ़िया सीन था वो! वो इसलिए बढ़िया था क्योंकि लेखक ने उन्हें एक नए अंदाज़ में पेश किया था।

हमेशा कुछ अलग करने की कोशिश करें।

अपनी कहानी में किरदार का हुलिया जितना हो सके उतना कम बताओ

आपकी पटकथा में आपका किरदार ठीक उस तरह आना चाहिए, जैसे उसे दर्शक परदे पर देख रहे हैं। पटकथा में यह ब्यौरा जितना कम हो सके उतना बेहतर होगा।

आम तौर पर आपको अपने किरदार के बारे में सिर्फ़ दो चीज़ें बतानी होती हैं- एक उसका लिंग और दूसरी उसकी उम्र।

किरदार के बारे में और ज़्यादा जानकारी देना, जैसे कि वो कौन सी गाड़ी चलाता है, वो किस तरह के गाने सुनता है, वो दिन में कितनी बार नहाता है, यह सब बताना बेकार है क्योंकि यह आपकी पटकथा पढ़ने वाले को बोर कर देगा। इससे यह भी पता चल जाता है कि लेखक नौसिखिया है। यानी यह आपके लिए हानिकारक हो सकता है, इसलिए इससे बचिए।

छोटी-छोटी जानकारियां, जैसे कि उसका वज़न, उसके बालों का रंग वगैरह अगर कहानी में मायने नहीं रखता है तो उसे मत बताइए। अगर आपकी कहानी में आपके किरदार का मोटा होना ज़रूरी नहीं है तो बिल्कुल मत बताइए कि वो मोटा है।

किरदार परदे पर अपनी हरकतों से या अपने डायलॉग से दिखना चाहिए। वह जो कुछ करता है या कहता है, उसी से उसका किरदार स्थापित हो जाना चाहिए। रैंचो और भुवन याद हैं ना!

एक अच्छा किरदार कैसे बनता है

जब मैं '3 इडियट्स' देखने के बाद सिनेमा हॉल से बाहर निकला तो मैंने कई लोगों को बात करते सुना कि 'फलाँ का स्वभाव बिल्कुल रैंचो जैसा है!'

रैंचो कैसा था? दूसरों से एकदम अलग! उसकी सोच, काम करने का तरीक़ा, सब कुछ आम लोगों से अलग था। जहाँ आम छात्र रट्टा मारकर परीक्षा में पास होकर अच्छी नौकरी हासिल करने की इच्छा रखते हैं, वहीं रैंचो का कहना था कि जो भी करो मन लगाकर करो और अगर इंजीनियर बनना है तो इतने अच्छे इंजीनियर बनो कि पैसा खुद ब खुद तुम्हारे पीछे भागता हुआ आए।

क्या आपको लगता है कि रैंचो का किरदार इतनी आसानी से बन गया होगा? बिल्कुल नहीं! लेखकों ने फ़िल्म शुरू करने से पहले बहुत बारीकी से सोचा होगा कि इसका किरदार कैसा होगा और उसे परदे पर कैसे दिखाया जाए।

किसी भी पटकथा के लिए एक अच्छा किरदार रचना बहुत ज़रूरी है। किरदार के बगैर आपके पास एक्शन नहीं है, एक्शन नहीं है तो रंजिश नहीं है, रंजिश नहीं है तो कहानी नहीं है और अगर कहानी नहीं है तो फिर पटकथा है ही नहीं!

ज़रा सोचिए, अगर '3 इडियट्स' में रैंचो औरों की तरह वीरू सहस्त्रबुद्धे की हाँ में हाँ मिलाता तो क्या कोई कहानी बनती? चूँकि रैंचो ने सीधे सहस्त्रबुद्धे के विचारों से और चतुर के विचारों से पंगा लिया और उन्हें ग़लत साबित करने की कोशिश की तो आपको एक बहुत ही बढ़िया कहानी देखने को मिल सकी।

बिल्कुल इसी तरह, भुवन एक निडर और दिलेर इंसान था और उसने गाँव वालों के लिए शर्त लगा ली कि क्रिकेट खेलेंगे। अगर उसका स्वभाव भी औरों जैसा होता और वो चुपचाप अंग्रेज कैप्टन की डाँट खा लेता तो क्या आपको 'लगान' जैसी फ़िल्म देखने को मिलती?

इसलिए, जब आप अपने किरदार की रचना करना शुरू करते हैं तो आपको उसके बारे में सबकुछ मालूम होना चाहिए, जैसे कि उसकी ख़्वाहिशें, उसके अंधविश्वास, उसकी पसंद-नापसंद, उसकी परवरिश और उसकी आदतें वगैरह।

भाव दिखाने के मौक़े

आपकी कहानी में आपके किरदार को अलग-अलग भाव दिखाने के मौक़े मिलने चाहिए। इससे दो बातें होंगी—एक, आपकी कहानी मज़ेदार बनेगी और दूसरे,

आपकी कहानी सुनने वाले हीरो को आपका लिखा रोल करने में दिलचस्पी होगी। भाव क्या होने चाहिए? वही जो हम सबके जीवन में होते हैं। हास्य, ग़ुस्सा और दर्द वगैरह। अब अगर इन्हीं भावों को आपकी फ़िल्म के अलग-अलग किरदार अलग-अलग ढंग से दिखाएँ तो और भी मज़ा आएगा। मिसाल के तौर पर, अगर किसी हीरो को ग़ुस्सा आता है तो वो अपने बगल में पड़ी चीज़ को दीवार पर फेंककर मारता है, लेकिन अगर उसके बाप को ग़ुस्सा आता है तो वो अपने आप में बड़बड़ाता है 'कंट्रोल, कंट्रोल' और गीता का पाठ करता है। ऐसा दिखाने से आपके दर्शकों को भी मज़ा आएगा। अगर आप 'मुन्नाभाई एमबीबीएस' देखें तो उसमें बोमन ईरानी का डॉक्टर अस्थाना का किरदार ग़ुस्सा आने पर हँसता है। लाफ्टर थेरेपी! है ना एक नया तरीक़ा!

किरदार को उभारकर दर्शकों को कैसे दिखाएँ

फ़िल्म एक विजुअल यानी 'आँखों से देखा जानेवाला' माध्यम है। जैसे किताब पढ़ी जाती है और रेडियो सुना जाता है, ठीक उसी तरह फ़िल्में देखी जाती हैं। इसलिए एक बहुत ही महत्त्वपूर्ण नियम आप याद रखें। आपको जो भी बात कहनी हो, बतानी हो, दर्शकों तक पहुँचानी हो, वह दृश्यों से स्पष्ट होनी चाहिए अर्थात् उसे दिखाई देना चाहिए। ऐसा करने से आप तुरंत अपने दर्शक के साथ बंध जाएँगे। आपके किरदार का नज़रिया, उसका व्यवहार और उसका ग़ुस्सा सब कुछ दृश्यमान होना चाहिए। मिसाल के तौर पर, 'लगान' में आमिर ख़ान के पहले सीन में जब एक अंग्रेज अफ़सर एक प्यारे से हिरन का शिकार करना चाहता है तो हम देखते हैं कि हमारा हीरो आमिर ख़ान उस हिरन को कंकड़ मारकर भगा देता है। अंग्रेज अफ़सर अपना निशाना चूक जाता है। इससे हमें तुरंत दो चीज़ें समझ में आ जाती हैं। एक, हमारा हीरो दयालु है और उसमें जानवरों के प्रति दया भाव है और वो एक हिरन को बचाने के लिए अंग्रेजों से पंगा ले सकता है। दूसरी, वह दूसरों के मुक़ाबले बहादुर है।

ठीक इसी तरह, मैं एक और सीन का उदाहरण देना चाहूँगा, जहाँ एक ही सीन में 3 किरदारों का नज़रिया सामने आ जाता है।

राजा साहब जब कैप्टन रसेल और उसकी बहन के साथ बैठे हैं और अपनी रियासत के लिए एक मंदिर का ताला खोलने की बात करते हैं, जो दूसरे प्रांत में है, तभी एक नौकर आता है और खाना रखता है। राजा साहब कहते हैं कि वो शाकाहारी हैं। कैप्टन रसेल उनसे कहता है कि अगर वे मीट खा लेंगे तो वे मंदिर का ताला खोलने की इजाज़त दे देंगे। जब उसकी बहन एलिजाबेथ उसे टोकती है तो वह उसे चुप करा देता है।

यहाँ पर कितनी ख़ूबसूरती से एक ही सीन में राजा साहब की मजबूरी, कैप्टन

रसेल का सनकीपन एवं अहंकार और एलिजाबेथ की हमदर्दी दिखा दी गई है। यह आगे जाकर फ़िल्म में भी दिखाई देता है, जब कैप्टन रसेल क्रिकेट मैच की शर्त लगाता है तो राजा साहब खुश होते हैं और एलिजाबेथ भुवन और उसकी टीम की मदद करती है। अगर ये बातें इन किरदारों के डायलॉग में डलकर पेश की जातीं और दृश्य की गुंजाइश नहीं रखी जाती तो ये इतनी प्रभावशाली नहीं हो पातीं।

ध्यान रहे, फिल्म के लिए दृश्य सबसे जरूरी हैं! जो भी दिखाना है, जितना हो सके 'दृश्य' (विजुअली) दिखाइए। डायलॉग होने चाहिए लेकिन जितने हो सकें उतने कम!

किरदार की भाषा

अब जब आप अपने किरदार की रचना कर चुके हैं, तो अब एक बहुत ही अहम सवाल कि आपका किरदार बात कैसे करेगा। अगर हिंदी फ़िल्मों की ज़बान में कहें तो 'डायलॉग कैसे होंगे'।

एक दौर था जब हिंदी फ़िल्मों के ज़्यादातर किरदार शुद्ध हिंदी में बात करते थे। कभी-कभार अगर कोई ईसाई किरदार हुआ तो वो 'क्या मैन!' जैसे शब्दों का इस्तेमाल करता था या कोई मुंबई का टपोरी हुआ तो वो 'क्या कर रेला है बाप!' जैसे शब्दों में बात करता था।

आपके डायलॉग हीरो के किरदार के हिसाब से होने चाहिए। 'सत्या' फ़िल्म में पहली बार अनुराग कश्यप और सौरभ शुक्ला ने मुंबई के गैंगस्टर को मुंबई के टपोरियों की तरह बात करते दिखाया। उसी फ़िल्म में उच्च शिक्षित पुलिस अफ़सर इंस्पेक्टर खांडिलकर और कमिश्नर अमोद शुक्ला को उन्होंने अच्छी हिंदी में बात करते हुए दिखाया। जाहिर है कि अगर हम हिंदी फ़िल्म के लिए लिख रहे हैं तो डायलॉग हिंदी में ही होने चाहिए लेकिन हमें ध्यान रखना होगा कि हमारा देश अनेक भाषाओं, संस्कृतियों और विविधताओं से भरा देश है, जिन्हें हम बहुत ख़ूबसूरती के साथ अपनी फ़िल्मों में पेश कर सकते हैं और दर्शकों का मनोरंजन कर सकते हैं।

मैं फिर से 'लगान' का उदाहरण देता हूँ। 'लगान' में हीरो और हीरोइन अवधी भाषा में बात करते हैं। पिछले साल रिलीज हुई 'पान सिंह तोमर' में भी उन्होंने चंबल के इलाक़े की भाषा-बोली दिखाई है। लड़के को 'मूड़ा' और लड़की को 'मूड़ी' कहा है। ऐसा करने से आपके किरदार उभरकर आते हैं।

हर हाल में ऐसा किया ही जाए, यह भी ज़रूरी नहीं है। हाँ, यह बिल्कुल ज़रूरी है कि आपके किरदार के डायलॉग उसकी पृष्ठभूमि, परवरिश और शिक्षा-दीक्षा के हिसाब से होने चाहिए। अब यह तो सामान्य-सी बात है कि अगर आपकी फ़िल्म में कोई अनपढ़ गँवार का रोल कर रहा है तो वह रेलवे स्टेशन को 'स्टेशन'

के बजाय 'इस्टेसन' बोलेगा।

कहानी के डायलॉग के निम्नलिखित चार मक़सद होने चाहिए :

1. किरदार के बारे में बताना
2. किरदार के भावपूर्ण पक्ष को प्रदर्शित करना
3. दर्शकों को कोई नई जानकारी देना
4. कहानी को आगे बढ़ाना

किसी भी नए लेखक के लिए डायलॉग लिखना सबसे मुश्किल काम है। शुरू में आपके डायलॉग कुछ अजीब होंगे, टूटे हुए होंगे या मनगढ़ंत किस्म के होंगे लेकिन आप उसकी फ़िक्र मत कीजिए। वो सब अनुभव के साथ सुधरते जाएँगे। आप सिर्फ़ लिखते जाइए। जब पूरी पटकथा लिख चुकने के बाद आप उन्हें फिर से पढ़ेंगे तो आपको ख़ुद ही पता चल जाएगा कि डायलॉग में क्या कमी है और आप उसे सुधार लेंगे। यह एक प्रक्रिया है। एक और बहुत ज़रूरी बात ध्यान रखें कि अपने डायलॉग और अपने किरदार के मोह में मत पड़ें। हो सकता है कि आपको कोई लाइन या कोई सीन काटना पड़े। इस बारे में आपको नाराज़ होने की ज़रूरत नहीं है। कुछ हटाना पड़े तो हटा दीजिए। सिर्फ़ इतना याद रखिए कि डायलॉग आपके किरदार के हिसाब से ही होने चाहिए। अगर आप ख़ुद को अपने किरदार में ढाल लेंगे तो आपके डायलॉग अपने आप बनते जाएँगे।

डायलॉग में गालियां

आजकल हमारी फ़िल्मों में गालियाँ दिखाने का ट्रेंड चल रहा है। हीरो और बाक़ी दूसरे किरदार अपने डायलॉग में गालियाँ बोलते रहते हैं। जब कोई चीज़ नई होती है तो दर्शकों को मज़ा आता है लेकिन जब वही चीज़ बार-बार दोहराई जाती है तो वे उससे ऊबने लगते हैं। इस बारे में कोई फ़ैसला नहीं सुनाया जा सकता कि गालियाँ जरूरी हैं या नहीं लेकिन हमें ध्यान रखना होगा कि हमारे देश में फ़िल्में पारिवारिक मनोरंजन का साधन हैं। अगर आप डायलॉग में गालियाँ रखेंगे तो आपकी फ़िल्म को 'ए' यानी 'एडल्ट' रेटिंग मिल जाएगी। ऐसा होने से आपके 50% दर्शक कम हो जाएँगे यानी अगर किसी परिवार में दो व्यस्क और दो बच्चे हैं तो बच्चे तो फ़िल्म देखने नहीं आ पाएँगे। चूँकि फ़िल्में एक जन-माध्यम है, इसलिए जितने ज़्यादा लोग फ़िल्म देखने आएँ, आपकी फ़िल्म के लिए उतना अच्छा। अगर आपने फ़िल्म रिलीज होने से पहले ही अपने 50% संभावित दर्शकों को दूर कर दिया तो आपकी फ़िल्म चलने के चांस बहुत कम हो जाएँगे।

दूसरी वजह यह है कि प्रोड्यूसर जब भी किसी फ़िल्म में पैसा लगाता है तो वो मुनाफ़े में सेटेलाइट राइट्स से मिलने वाले पैसे भी जोड़ लेता है कि सेटेलाइट से 2 या 3 करोड़ रुपए आ जाएँगे। अगर आपकी फ़िल्म में गालियाँ हैं तो आपकी

फ़िल्म के सेटेलाइट राइट्स बेचना मुश्किल हो जाएगा। इसलिए ज़्यादातर प्रोड्यूसर गालियों वाली फ़िल्म बनाना पसंद नहीं करते।

अगर आपको किसी फ़िल्म के डायलॉग्स में गालियाँ डालनी ही हैं, तो कोई नया और दिलचस्प तरीक़ा ढूँढ़िए, जिससे आपकी गालियों का मतलब भी स्पष्ट हो जाए और आपके दर्शकों को भी मज़ा आए। इसके लिए मैं दो उदाहरण देना चाहूँगा।

मैंने एक फ़िल्म लिखी है, जिसमें लखनऊ के एक लड़के का सब लोग हॉस्टल में मज़ाक उड़ाते हैं। जब एक दिन बर्दाश्त से बाहर हो जाता है तो वो लड़का सबको चेतावनी देता है 'अगर आज के बाद किसी ने मुझसे बदतमीज़ी की तो मैं उसकी माताजी की शान में ग़ुस्ताख़ी कर दूँगा, फिर मत कहना!'

अब आप समझ गए होंगे कि मैं अपने किरदार के जरिए कौन सी गाली देना चाहता हूँ लेकिन सेंसर बोर्ड इसे 'ए' सर्टिफिकेट नहीं देगा। लोगों को भी ऐसा सुनने में मज़ा आएगा। हमेशा कुछ नया करने की कोशिश कीजिए।

दूसरा उदाहरण फ़िल्म 'बुड्ढा होगा तेरा बाप' का देना चाहूँगा। इस फ़िल्म में बच्चन साहब जब डायलॉग बोलते हैं तो कहते हैं कि 'तू बहुत बड़ा बीप है रे!' 'बीप' का मतलब यहाँ उस आवाज़ से है, जो फ़िल्मों में गालियों को छुपाने के लिए डाली जाती है। फ़िल्म में जहाँ-जहाँ उन्हें गालियाँ देनी थीं, वहाँ वो 'बीप' शब्द का इस्तेमाल करते हैं। इसमें दर्शकों को भी मज़ा आया और किरदार क्या कहना चाहता है, वो एक नए ढंग से दर्शकों तक पहुँच भी गया।

किरदार की रचना : एक्सरसाइज

अब तक आपने तय कर लिया है कि मैं अमुक विषय पर कहानी लिखूंगा। अब बारी है आपकी कहानी के किरदारों की रचना करने की।

कहानी लिखना उल्टी गिनती गिनने जैसा काम है। यहाँ आप बाद की चीज़ें पहले तय करते हैं। अपनी कहानी का विषय तैयार कर लेने के बाद अब आप अपने किरदार रचेंगे। यह कैसे करेंगे?

1. अपनी कहानी का विषय मोटे अक्षरों में लिखें और उसे देखें। उदाहरण के तौर पर:
   कहानी एक ऐसे इंसान की है, जिसकी सिर्फ़ एक ही टांग है और वो माउंट एवरेस्ट पर चढ़ना चाहता है—
2. इसके बाद एक अलग पृष्ठ पर उस किरदार की जन्मकुंटली लिखिए। जन्मकुंडली से मेरा मतलब उसके पैदा होने से लेकर उसकी परवरिश, वो कौन से स्कूल में गया, वहाँ उसके दोस्त कैसे थे, वो पढ़ाई में कैसा था। वगैरह-वगैरह। सब कुछ जो भी आप सोच सकते हैं। याद रहे कि यह

सिर्फ़ आपके रेफ़रेंस के लिए है, किसी को दिखाने के लिए नहीं है।

3. अब अगर आपका हीरो एवरेस्ट पर चढ़ने वाला है तो आपको उसकी ऐसी कोई पृष्ठभूमि तो बतानी पड़ेगी कि वो लोगों को हजम हो जाए कि वो वास्तव में एवरेस्ट पर चढ़ सकता है। इसलिए आप उसकी बायोग्राफ़ी में लिखिए कि जब वो स्कूल में था तो बहुत अच्छा एथलीट था या उसे पर्वतारोहण का या ट्रैकिंग का शौक था। उसका स्टेमिना अच्छा था।
4. अब, स्कूल में उसका स्वभाव कैसा था? यह उसके परिवार पर निर्भर करेगा। अगर माँ-बाप से उसकी बनती नहीं थी तो वो मिसफ़िट और झगड़ालू किस्म का होगा या वो हँसमुख है। यह सब आपके ऊपर है क्योंकि कहानी आपकी है। इसलिए उसका किरदार तय करना आपका काम है।
5. मैं हुलिए की बात नहीं कर रहा हूँ। किरदार की बात कर रहा हूँ और यहाँ किरदार से मेरा मतलब चरित्र से नहीं, किरदार से है। अपने किरदार का चरित्र तय करना भी आपका काम है।

जब एक बार आपने अपने किरदार की जन्मकुंडली बना ली तो फिर उस पर गौर कीजिए। देखिए कि अपनी कहानी को दिलचस्प बनाने के लिए आपने जो चुना है, क्या वो सही लग रहा है? अगर नहीं लग रहा है तो फिर उसमें थोड़ा बदलाव कीजिए। देखिए कि आपका किरदार कैसे वो काम कर सकेगा, जिसके लिए आपने उसे चुना है। चाहे उसे माउंट एवरेस्ट पर चढ़ना हो या फिर किसी बड़ी कंपनी के मालिक के साथ पंगा लेना हो या चाहे कुछ और करना हो।

अगर आपकी फ़िल्म का विषय है कि आपका हीरो फौज में जाता है तो उसका व्यवहार पहले से ऐसा होना चाहिए। अगर ऐसा नहीं है तो उसकी ज़िंदगी में ऐसा कोई हादसा होना चाहिए जो उसे उस राह पर चलने की प्रेरणा देता हो या मजबूर करता हो। जैसी भी आपकी कहानी है।

हर इंसान की ज़िंदगी में कभी ना कभी ऐसा कोई हादसा होता है या कोई घटना होती है, जब उसकी ज़िंदगी एक अलग ही दिशा में चल पड़ती है। किसी का एक्सीडेंट होता है और वो तीन महीने अस्पताल में पड़ा रहता है लेकिन वहाँ उसे पढ़ने का शौक लग जाता है और वो आगे चलकर लेखक या ऐसा ही कुछ बन जाता है।

या स्कूल का शरारती बच्चा अपने पिताजी की गाड़ी लेकर कोई दुर्घटना कर बैठता है, जिसकी वजह से उसे सज़ा हो जाती है और उसकी ज़िंदगी बदल जाती है।

मैंने देखा है कि ऐसी जितनी भी घटनाएँ होती हैं, वे 14-15 साल की उम्र के बीच होती हैं। इसलिए आपकी कहानी के मुख्य किरदार की ज़िंदगी में ऐसी कोई घटना ज़रूर होनी चाहिए जो आगे चलकर उसके बर्ताव की नींव डाले। वो अच्छा है या बुरा, यह आपको तय करना है। कौन से हादसे से कैसी ज़िंदगी संवर गई या

बिगड़ गई, वो भी आपको ही तय करना है। ऐसा करना हमेशा ज़रूरी नहीं है लेकिन अपने किरदार की कुंडली बनाते वक़्त इस तरीक़े को भी इस्तेमाल कर सकते हैं।

जैसे आपने मुख्य किरदार की जन्मकुंडली बनाई है, ठीक उसी तरह आप बाक़ी दूसरे किरदारों की भी कुंडली बनाएँगे। जब भी दो लोगों में लड़ाई या रंजिश दिखानी हो, तो उन्हें अलग-अलग तरह के दिखाइए। उन दोनों में ज़मीन-आसमान का फ़र्क हो तो ज़्यादा मज़ा आता है। इसलिए किरदार की रचना करते समय ही जितना हो सके, आपको उन्हें उतना अलग-अलग बनाना है।

कभी-कभी रंजिश दो ऐसे लोगों के बीच भी होती है, जो एक ही तरह के हों, एक जैसी ही परविरश वाले हों लेकिन उनके सोचने का नज़रिया अलग हो सकता है। कई दफ़ा दोस्त अलग-अलग तरह के होते हैं। ऐसे मामले में आपको बहुत साफ़ तौर पर बताना है कि उनकी सोच अलग क्यों है या उनका दिमाग़ ऐसे क्यों चलता है। ऐसे समय में आपका अनुभव काम आएगा।

अब आपने नीचे लिखी चीज़ें तय कर ली हैं :

1. आप किस विषय पर कहानी बनाएँगे
2. उस विषय पर पूरी रिसर्च
3. कहानी के किरदारों की रचना

अब पटकथा लिखने का श्रीगणेश किया जा सकता है।

14

पटकथा लिखने का श्रीगणेश

पटकथा लिखना शुरू करने से पहले आपको दो बातों का ध्यान रखना है। पहली, क्या लिखना है और दूसरी, कैसे लिखना है। क्या लिखना है, यह आप तय कर चुके हैं। इसलिए यहाँ हम इस पर चर्चा करेंगे कि कैसे लिखना है।

पटकथा लिखना एक व्यवस्थित कार्य है। इसके निश्चित तरीक़े हैं। कुछ साल पहले तक लेखक एक फ़ुलस्केप बुक ले लिया करते थे और उसमें अपनी क़लम से लिखते थे। बहुत सारे लोग आज भी ऐसे ही लिखते हैं लेकिन अब ऐसा दौर आ गया है कि ज़्यादातर असिस्टेंट्स, स्टूडियो एग्जिक्यूटिव्स, एग्जिक्यूटिव प्रोड्यूसर्स या जो भी लोग आपकी कहानी को पढ़ने वाले हैं, वे सभी कोई ना कोई प्रोफ़ेशनल कोर्स करने के बाद ही उस कुर्सी पर बैठे हैं। कोई अमेरिका से फ़िल्म मेकिंग का कोर्स करके आया है तो कोई एफ़टीआईआई से डायरेक्शन का कोर्स करके बैठा है या किसी ने इंटरनेट पर स्टडी की है। इन सभी जगहों पर पटकथा लेखन के तरीक़े बताए जाते हैं। अगर आपकी कहानी उस तरीक़े से उलट, अलग होगी तो वे उसे पढ़ेंगे ही नहीं। तो पटकथा कैसे लिखनी चाहिए?

सबसे पहले कभी भी किसी को भी हाथों से लिखी हुई पटकथा मत दीजिए। यह आपकी पटकथा के कूड़ेदान के हवाले होने का सबसे आसान रास्ता है। अगर आपने उसे हाथ से लिखा भी है तो उसे किसी प्रोफ़ेशनल टाइपिस्ट के पास ले जाइए और उसे सही फ़ॉरमेट में टाइप कराइए। फ़ॉरमेट क्या होना चाहिए?

सबसे पहले होता है शीर्षक पृष्ठ (टाइटल पेज) : शीर्षक पृष्ठ पर मोटे-मोटे अक्षरों में आपकी कहानी का नाम होना चाहिए। उसके बाद इस पृष्ठ के दाहिने कोने में नीचे आपका नाम, फ़ोन नंबर और ई-मेल आईडी लिखा होना चाहिए।

इसके अलावा शीर्षक पृष्ठ पर कुछ भी नहीं लिखा होना चाहिए। मैंने कई लोगों को देखा है जो शीर्षक पृष्ठ पर अपनी ही कहानी के बारे में ख़ुद लिखते हैं—'दुनिया की सबसे बेहतरीन कहानी'। ऐसा करने से आप हँसी के पात्र बन जाएँगे क्योंकि जब

आप अपने ही मुंह से अपनी कहानी की तारीफ़ करेंगे तो सामने वाला तुरंत समझ जाएगा ये बंदा अनाड़ी है।

एक बार एक शख़्स मेरे पास एक कहानी लेकर आया। उसके शीर्षक पृष्ठ पर लिखा था, आदरणीय सर जी, मैंने यह कहानी बहुत दिल से लिखी है और अगर आपके पास ज़्यादा वक़्त नहीं हो तो कृपया पृष्ठ नंबर 90 से पढ़ना शुरू कीजिए क्योंकि मेरी कहानी असल में वहीं से शुरू होती है।'

अब सोचिए, अगर ऐसा लिखा हुआ किसी के पास भी जाएगा तो वो तुरंत उसे कूड़ेदान में फेंक देगा क्योंकि वो समझ जाएगा कि जिसने भी यह लिखा है उसे लिखने के बारे में कुछ पता नहीं है।

और एक बात! फ़िल्म इंडस्ट्री में आपकी नादानी के मज़े लेने वाले बहुत लोग मिल जाएँगे और हो सकता है कि आपकी स्क्रिप्ट और आपके शीर्षक पृष्ठ पर ऐसा कुछ लिखा होने की बात वे पूरी इंडस्ट्री में फैला दें और आपके अनाड़ीपन का मज़ा लें। तो ऐसा करने से बचिए।

कहानी का शीर्षक : हम हमेशा अपनी कहानी का एक कामचलाऊ शीर्षक रखते हैं क्योंकि प्रोड्यूसर एसोसिएशन का कोई भी सदस्य प्रोड्यूसर ही उसी शीर्षक को पंजीकृत करा सकता है। हो सकता है कि जो शीर्षक हम रखें, उस नाम से कोई फ़िल्म बन चुकी हो या शीर्षक पंजीकृत हो चुका हो। आप उसकी फ़िक्र मत कीजिए। आपका जो भी शीर्षक होगा, वो कामचलाऊ शीर्षक होगा और 99% चांस हैं कि अगर आपकी फ़िल्म बनी तो वो बदल ही जाएगा। इसलिए शीर्षक पर ज़्यादा ज़ोर मत दीजिए। अब आगे बढ़ते हैं।

दृश्य का शीर्षक (सीन हैडिंग) : इसमें तीन चीज़ें होती हैं। एक, इंट/एक्स (INT/EXT) मतलब इंटीरियर या एक्सटीरियर यानी अंदर या बाहर। दो, सीन कहाँ हो रहा है—पुलिस स्टेशन में हो रहा है, बगीचे में हो रहा है, रेस्टोरेंट में हो रहा है। और अंत में दिन या रात। तो अगर आपका एक सीन दिन में रेस्टोरेंट के अंदर हो रहा है तो आप उसे ऐसे लिखिए :

अंदर रेस्टोरेंट दिन (INT RESTAURANT DAY)

यह पृष्ठ की दाईं ओर होगा। फिर आप एक लाइन छोड़कर नीचे आएँगे और सीन का एक्शन और डायलॉग लिखेंगे। कई लोग जब सीन लिखते हैं तो वे कैमरे का एंगल, हीरोइन के कपड़े वगैरह का ब्यौरा भी दे देते हैं। ऐसा करना ग़लत है। कैमरे का एंगल क्या रहेगा, कहाँ से रहेगा, यह सब डायरेक्शन डिपार्टमेंट का काम है, यह आप उन पर छोड़ दीजिए। आपको सिर्फ़ सीन का एक्शन और डायलॉग लिखने हैं। एक उदाहरण देखें। विजय रेस्टोरेंट में है और काव्या का इंतज़ार कर रहा है। इस सीन को निम्नलिखित तरीके से लिखें :

अंदर रेस्टोरेंट दिन (INT RESTAURANT DAY)

टेबल पर चाय के दो खाली कप रखे हैं, एक वेटर विजय (25-28) के आस-पास मंडरा रहा है, विजय उसकी मौजूदगी से थोड़ा परेशान होता है और फिर इशारे से उस वेटर को एक और कप चाय लाने को कहता है। वेटर मुस्कुराता है और चला जाता है। तभी काव्या (22-25) भागी-भागी आती है, कुर्सी खींचती है और शरारत से अपनी जीभ निकालकर कहती है :

काव्या

सॉरी, सॉरी, सॉरी! मैं निकलने ही वाली थी कि पिताजी के दोस्त खन्ना अंकल और उनकी फैमिली आ गई।

विजय

अच्छा हुआ तुम आ गईं, वरना और पांच मिनट में मैं उस साले वेटर की ठुकाई करने वाला था।

अगर आप गौर करें तो मैंने विजय को बोल्ड में लिखा है क्योंकि इस कहानी में उसका ज़िक्र पहली बार किया है। ऐसा करना ज़रूरी नहीं है लेकिन पढ़ने वाले को यह समझने में आसानी रहती है कि फ़िल्म में कोई नया किरदार इंट्रोड्यूस हुआ है। दूसरा, मैंने आपको पहले बताया था कि आप उम्र मत बताएँ। लेकिन यहाँ मैंने किरदारों की उम्र बताई है। क्योंकि विजय हमारी फ़िल्म का हीरो है और काव्या हीरोइन, तो आपके प्रोड्यूसर के लिए विजुअलाइज करने में आसानी हो जाती है।

आपको उसके कपड़ों और बाल वगैरह का ब्यौरा देने की ज़रूरत नहीं है, अगर उसका फ़िल्म में कोई महत्त्व नहीं है। फिर भी, मिसाल के तौर पर अगर हमारा हीरो विजय कैसे भी कपड़े पहनता है, बाल लंबे रखता है और आगे जाकर उसे फ़िल्म में कहीं संवरना पड़े और सूट-बूट पहनना पड़े, जिसके लिए वो अपने बाल कटवा देता है तो उसके मौजूदा हुलिए का वर्णन करना ज़रूरी है। यह सब लिखने का मक़सद यह है ताकि जो भी आपकी कहानी पढ़ रहा है, वो आपके लिखे गए किरदार को विजुअलाइज कर सके, ठीक उसी तरह जैसे आपने किया था लिखने के समय। हमारी इंडस्ट्री में एक चलन है कि जब आप कुछ लिखते हैं और किसी दूसरे को सुनाते हैं तो एक रेफ़रेंस प्वॉइंट ज़रूर होना चाहिए, ताकि सुनने वाले को समझ में आ जाए। मिसाल के तौर पर, विजय थोड़ा टपोरी टाइप है, यूं समझ लो कि 'रंगीला' का आमिर है या काव्या एकदम चुलबुली टाइप है, जैसे 'जब वी मेट' में करीना थी। ऐसा आपको पटकथा में कहीं भी लिखना नहीं है। सिर्फ़ एक रेफ़रेंस प्वॉइंट की तरह इस्तेमाल करना है।

ऊपर लिखी गईं 4 लाइनों पर अगर आप गौर करें तो आप पाएँगे कि मैंने लिखा है 'टेबल पर चाय के दो खाली कप रखे हैं'। इससे क्या साबित होता है?

यही कि विजय काफ़ी वक़्त से यहाँ काव्या का इंतज़ार कर रहा है। कोई कुछ नहीं बोल रहा है लेकिन वेटर और विजय के चेहरे के भाव थोड़े फ़नी किस्म के होंगे और एक साधारण से सीन में जान आ जाएगी। इसे कहते हैं 'डिवाइस', यानी कुछ दिखाने का तरीक़ा। यहाँ हम खाली कपों के जरिए यह दिखाएँ कि विजय काफ़ी देर से उसी जगह पर बैठा है।

इस बात पर भी गौर कीजिए कि यह मैंने आपको सिर्फ़ उदाहरण के तौर पर दिया है। अगर यह फ़िल्म में हीरो का पहला सीन है तो वो एकदम रोमांचक होना चाहिए। रोमांचक से मेरा मतलब यह नहीं कि वो शीशा तोड़ते हुए मोटरसाइकिल पर एंट्री मारे। रोमांचक से मेरा मतलब अपने पहले सीन में वो दिलचस्प लगना चाहिए। यही बात हीरोइन पर भी लागू होती है। अगर आपने 'लगे रहो मुन्नाभाई' देखी है तो याद कीजिए कि उसमें विद्या बालन का पहला सीन कितनी ख़ूबसूरती से दर्शाया गया है। ठीक इसी तरह '3 इडियट्स' में रैंचो का पहला सीन भी एकदम दिलचस्प अंदाज़ में दिखाया गया है, जिसमें वो अपने सीनियर को बिजली का झटका देता है।

अब मैं आपको बताता हूँ कि ऐसे फ़ॉरमेट में लिखने का सबसे बड़ा फ़ायदा यह है कि आपको अपनी कहानी की लंबाई का मोटे तौर पर अंदाज़ा हो जाता है।

इस फ़ॉरमेट में औसतन एक पृष्ठ फ़िल्म का एक मिनट होता है। इसमें आप 10–15% जोड़ लो या घटा लें। गाने और फ़ाइट सीन की टाइमिंग अलग है लेकिन ऐसे लिखने से आपको काफ़ी हद तक अंदाज़ा हो जाएगा कि आपने कितने मिनट की पटकथा लिखी है।

दूसरा फ़ायदा यह है कि आपकी पटकथा साफ़-सुथरी लगेगी और अगर कोई उसे पढ़ने की कोशिश करेगा तो उसे उतना बुरा नहीं लगेगा जितना किसी के हाथों से लिखी गई कहानी पढ़ने में लगेगा।

आजकल इंटरनेट पर ऐसे बहुत सारे सॉफ़्टवेयर उपलब्ध हैं, जो अपने आप आपकी पटकथा फ़ॉरमेट कर देते हैं और आपका काम आसान हो जाता है। सेलटेक्स (Celtex) नाम का एक फ्री सॉफ़्टवेयर है जो नए लेखकों के लिए बहुत बड़ा वरदान साबित हुआ है। इसमें बहुत सारे अच्छे फंक्शंस हैं, जो खास तौर पर पटकथा लेखकों के लिए बनाए गए हैं। आप www.celtex.com पर जाकर सारी जानकारी ले सकते हैं।

अगर आप सेलटेक्स में महारत हासिल कर लें और कुछ पैसे कमा लें तो पेशेवर लेखक के लिए एक सॉफ़्टवेयर आता है फ़ाइनल ड्राफ़्ट (Final Draft)। इसमें भी बहुत सारे काम के फ़ंक्शंस हैं, जो ना सिर्फ़ लिखने में आपकी मदद करेंगे

बल्कि आगे जाकर फ़िल्म ब्रेकडाउन, सीन डिवीजन वगैरह में भी आपके बहुत काम आएँगे।

ऊपर पटकथा की शुरुआत में हमने लिखा अंदर या बाहर (INT/EXT) दिन या रात। यह क्यों लिखा? क्योंकि फ़िल्म में हमेशा नयापन होना चाहिए। अगर लगातार 3–4 सीन इंटीरियर यानी अंदर ही दर्शाए गए तो दर्शकों को मज़ा नहीं आएगा। इसलिए कोशिश यही होनी चाहिए कि दृश्यों में विविधता रहे। अगर ऊपर लिखे गए सीन से पहले के 3 सीन इंटीरियर में ही दर्शाए गए हैं तो इस सीन को कहीं बाहर लेना ही बेहतर होगा, नदी किनारे या बगीचे में। सीन में विविधता का होना बहुत ज़रूरी है।

दिन या रात क्यों लिखते हैं? यह आपके लिए भी है और डायरेक्टर के लिए भी है। उसे अंदाज़ा हो जाएगा कि कितने सीन दिन में हैं और कितने रात में। चूँकि उन्हें बजट भी बनानी पड़ती है और दिन की लाइटिंग रात की लाइटिंग से अलग होती है और उसका खर्च भी अलग होता है।

15

पटकथा का ढाँचा

यह सच है कि हर प्रोडक्शन हाउस कहानियों की तलाश में रहता है लेकिन वो क्या तरीक़ा है जिससे वे लोग तय करते हैं कि अमुक कहानी को लेकर फ़िल्म बनाना ठीक रहेगा? इसके बहुत सारे पहलू हैं।

हरेक प्रोडक्शन हाउस का काम करने का तरीक़ा अलग होता है। कुछ प्रोडक्शन हाउस कंपनियाँ पहले हीरो को साइन करती हैं और लगभग 8-10 करोड़ रुपए देकर उनसे कहती हैं कि अगर आपकी नज़र में कोई कहानी हो तो बताइए, उसी पर फ़िल्म बना देते हैं। ऐसे में हीरो अपने किसी जान-पहचान वाले लेखक से पूछता है और वे लोग ही तय करते हैं कि किस विषय पर कहानी बनानी है।

कई प्रोडक्शन कंपनियाँ साउथ की हिट फ़िल्मों के अधिकार खरीद लेती हैं और उनका हिंदी संस्करण बना देती हैं। 'वॉन्टेड', 'राउडी राठौड़' और 'गजनी' वगैरह ऐसी ही फ़िल्में हैं।

कुछ प्रोडक्शन कंपनियाँ ऐसी भी होती हैं, जो पहले स्क्रिप्ट सलेक्ट करती हैं लेकिन ऐसी प्रोडक्शन कंपनियों के पास दिन में अगर एक स्क्रिप्ट भी आती हो तो साल भर में 365 आ जाती होंगी। उन्हें कौन पढ़ेगा? वो आपकी कहानी पढ़ें या अपना रोज़मर्रा का काम करें? इतना वक़्त कहाँ है किसी के पास?

एक फ़िल्म की कहानी बेचने के लिए आपको सही चीज़ के साथ सही वक़्त पर सही आदमी से मिलना होता है।

आपकी पूरी कहानी तो रोमांचक होनी ही चाहिए लेकिन उसके पहले 10 पृष्ठ ऐसे होने चाहिए कि वो पढ़ने वाले को एकदम बाँधकर रखें। अगर उसे आपके पहले 10 पृष्ठ अच्छे लगे तो वो आगे पढ़ेगा या सुनेगा क्योंकि ज़्यादातर लोग पहले 10 पृष्ठ पढ़कर ही कहानी को एक तरफ़ रख देते हैं।

हर कहानी के तीन हिस्से होते हैं—(i) शुरुआत (ii) मध्य (iii) अंत। फ़िल्म की कहानी ट्रेन की ऐसी यात्रा की तरह होती है, जो 'ए' से प्वॉइंट 'ज़ेड' तक जाती है। अगर आप नीचे बनाई गई ड्रॉइंग को देखें तो आपकी कहानी कुछ ऐसी ही लगेगी।

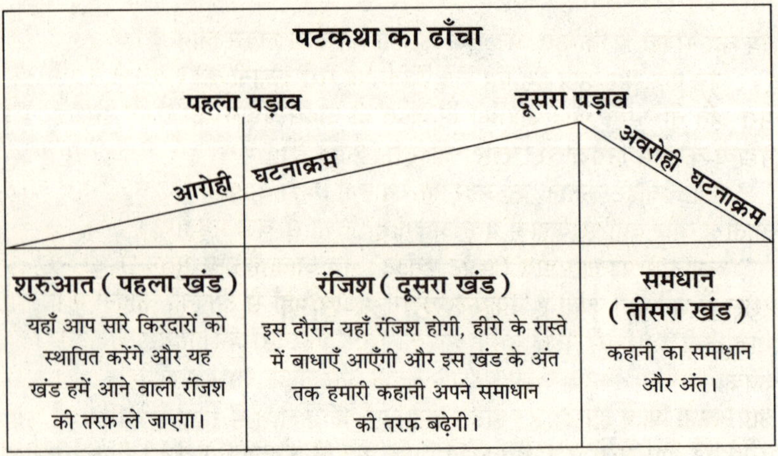

पटकथा का ढाँचा

पहला पड़ाव

दूसरा पड़ाव

आरोही घटनाक्रम

अवरोही घटनाक्रम

शुरुआत (पहला खंड)	रंजिश (दूसरा खंड)	समधान (तीसरा खंड)
यहाँ आप सारे किरदारों को स्थापित करेंगे और यह खंड हमें आने वाली रंजिश की तरफ़ ले जाएगा।	इस दौरान यहाँ रंजिश होगी, हीरो के रास्ते में बाधाएँ आएँगी और इस खंड के अंत तक हमारी कहानी अपने समाधान की तरफ़ बढ़ेगी।	कहानी का समाधान और अंत।

1. यहाँ आप सारे किरदारों को स्थापित करेंगे और यह खंड हमें आने वाली रंजिश की तरफ़ ले जाएगा।
2. इस दौरान यहाँ रंजिश होगी, हीरो के रास्ते में बाधाएँ आएँगी और इस खंड के अंत तक हमारी कहानी अपने समाधान की तरफ़ बढ़ेगी।
3. कहानी का समाधान और अंत।

इसलिए इस यात्रा को शुरू करने से पहले आपको इस ट्रेन के लिए पटरी डालनी होगी। पटरी से यहाँ मेरा मतलब है कि आपकी कहानी किस दिशा में जाएगी। कहाँ से शुरू होगी यानी कहाँ से रंजिश शुरू होगी और कहाँ पर जाकर आपकी कहानी ख़त्म होगी।

यह बहुत ज़रूरी है कि आपको अपनी कहानी का अंत कहानी शुरू होने से पहले ही पता होना चाहिए। आपका हीरो ज़िंदा रहेगा या मर जाएगा? भुवन मैच जीतेगा या हार जाएगा?

कई लोग मानते हैं कि जैसे-जैसे वे लिखते जाएँगे, उनका अभिनेता तय करेगा कि अंत क्या होगा। यह बिल्कुल ग़लत तरीक़ा है। कहानी के लेखक आप हैं तो यह बात भी आप ही तय करेंगे। यह आपका काम है।

अंत तय करना क्यों ज़रूरी है? क्योंकि एक बार जब आपने अपनी कहानी का अंत तैयार कर लिया तो आपको पता चल जाएगा कि वहाँ तक कैसे जाना है। अगर आपको मालूम है कि आपको मुंबई से दिल्ली जाना है तो उसके बाद आप तय कर सकते हैं कि मुझे मुंबई से दिल्ली कैसे जाना है। कार से, हवाई जहाज से या ट्रेन से। ठीक इसी तरह, अगर आपको अपनी कहानी का अंत पता है तो आप अच्छी तरह

तय कर सकते हैं कि उस अंत तक कहानी को कैसे लेकर जाना है।

जब एक बार आप तय कर लेते हैं कि यह मेरी कहानी की शुरुआत है और यह मेरा अंत तो उसके बाद आपको दो बहुत ही अहम पड़ाव तय करने होते हैं। इन पड़ावों को हम अंग्रेजी में 'प्लॉट प्वॉइंट्स' कहते हैं।

प्लॉट प्वॉइंट कहानी के अंदर वो स्थान है, जहाँ आपकी कहानी में एक मोड़ आता है और वहाँ से कहानी एक अलग ही दिशा में चल पड़ती है।

लगान में पहला पड़ाव (प्लॉट प्वॉइंट) तब आता है जब भुवन में और कैप्टन रसेल में शर्त लग जाती है 'क्रिकेट खेलेंगे'। अब यहाँ से आपकी कहानी एक नया मोड़ लेती है। इससे पहले हमने आपको सिर्फ़ किरदारों की पहचान बताई है और उनका स्वभाव। किरदारों की पहचान बताने और उनके स्वभाव को बताने को 'सेट अप' कहा जाता है।

सेट अप यानी आपको कहानी शुरू होने से पहले के उन हालात से अवगत कराना, जिनकी वजह से कहानी शुरू हुई है। जैसे कि गाँव में सूखा पड़ना, गाँव वालों का राजा साहब से गुज़ारिश करना, कैप्टेन रसेल का सनकीपन और उसका क्रिकेट मैच खेलने का प्रस्ताव रखना। यह सब हमने कहानी के पहले 20-25 मिनट में स्थापित कर दिया।

सेट अप के बाद आती है रंजिश। अब मैच खेलना तय हो गया है तो भुवन को सबसे पहले टीम बनानी पड़ेगी। टीम तो उन गाँव वालों से ही बनेगी लेकिन वे लोग तो भुवन से नाराज़ हैं क्योंकि उन्हें लग रहा है कि उसने अंग्रेजों से शर्त लगाकर बहुत बड़ी बेवक़ूफ़ी कर दी है। वो भी उस खेल को लेकर जिस खेल के बारे में कोई गाँव वाला कुछ भी नहीं जानता। लेकिन वो बड़ी होशियारी से अपनी टीम बनाता है और खेलना भी शुरू कर देता है। दूसरी ओर, कैप्टन रसेल भी भुवन के काम में बाधा डालने की कोशिश करता है। जब उसे पता चलता है कि उसकी बहन ही गाँव वालों का साथ दे रही है तो वो उस पर पाबंदियाँ लगा देता है और लाखा को भी अपनी ओर मिला लेता है। इसे कहते हैं रंजिश यानी लड़ाई!

अगर फ़िल्म में हमारा सेट अप तकरीबन 30 मिनट लंबा है, तो हमारी रंजिश 60-90 मिनट की होती है। इस दौरान फ़िल्म का हीरो अपने लक्ष्य की ओर बढ़ेगा लेकिन हर मोड़ पर उसे मुश्किलों और बाधाओं का सामना करना पड़ेगा। उसके रास्ते में बाधाएँ डालेगा फ़िल्म का विलेन, उसके अपने हालात और वो इन सबसे पार पाने की कोशिश करेगा। गिरते-पड़ते वो धीरे-धीरे अपने लक्ष्य की ओर बढ़ेगा।

रंजिश के बाद आता है रिजोल्यूशन यानी कहानी का समाधान, जहाँ आपकी कहानी अपनी परिणति तक पहुँचती होती है।

अगर आप इसे ऊपर बताए गए स्टैंडर्ड फ़ॉरमेट में लिखेंगे तो आपको पहले

20-30 पृष्ठ आपकी कहानी के सेट अप के होंगे, 30-90 पृष्ठ आपकी रंजिश के और 90-120 पृष्ठ आपके समाधान के होंगे।

यह ज़रूरी नहीं है कि आप इसी ढंग से लिखें। यानी 30 के अगर 22 या 32 हो जाते हैं तो भी कोई हर्ज़ नहीं है लेकिन याद रहे कि जब आपको फ़िल्म में रंजिश शुरू करनी होती है तो तभी आपकी कहानी शुरू होती है। रंजिश शुरू होने से पहले आपके सारे किरदार, उनका स्वभाव, उनका रवैया और उनकी ज़रूरत स्थापित हो जानी चाहिए। अगर आप यह सब पहले 5 मिनट में ही कर सकते हैं तो आपकी रंजिश छठे मिनट से शुरू हो सकती है।

'लगान' में जिस क्षण शर्त लग जाती है, वहीं से रंजिश शुरू हो जाती है और जब मैच शुरू होता है तो वहाँ से आपकी फ़िल्म शुरू होती है। मैच में दोनों टीमें बारी-बारी से खेलती हैं। भुवन की टीम पहले गेंदबाज़ी करती है लेकिन चूँकि गेंद नई है इसलिए कचरा उसे स्पिन नहीं करा पाता। फिर वो मौक़ा आता है जब गेंद पुरानी हो जाती है और कचरा अपना जादू चलाता है और पूरी अंग्रेज टीम जल्दी ही आउट हो जाती है। फिर आती है भुवन की टीम की बल्लेबाज़ी की बारी। मैच की शुरुआत से अंत तक के हिस्से को प्रस्ताव कहा जाता है। हिंदी फ़िल्मों में इसे 'क्लाइमेक्स' भी कहते हैं। क्लाइमेक्स आख़िरी के वो 15-20 मिनट होते हैं, जहाँ हीरो और विलेन के बीच में कांटे का मुक़ाबला होता है और कहानी का अंत होता है।

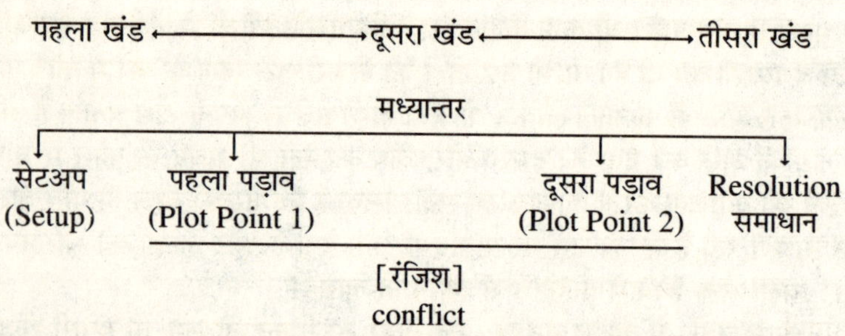

अगर हम अपनी कहानी का डायग्राम (रेखा चित्र) बनाएँ, तो वह कुछ इस तरह लगेगा।

कहानी का अंत

आपको लिखने से पहले अपनी कहानी का अंत जितना हो सके उतने विस्तार से पता होना चाहिए। ऐसा करने से आप शुरुआत से अंत के बीच की जगह को दो दिशाओं से भर सकते हैं। एक आगे से और एक पीछे से।

कहानी की लंबाई

हमारी ज़्यादातर हिंदी फ़िल्में तकरीबन दो या सवा दो घंटे की होती हैं। कुछ फ़िल्में ढाई–तीन घंटे की भी होती हैं। हालाँकि ऐसा कोई नियम नहीं है कि आपको कितनी लंबाई की फ़िल्म लिखनी है। आपकी कहानी ही यह तय करेगी कि फ़िल्म की लंबाई कितनी हो लेकिन यह याद रखें कि 'किसी भी कहानी में नए सीन जोड़ने के मुक़ाबले फ़ालतू सीन काटना आसान होता है।'

कहानी की काल अवधि (टाइम पीरियड)

हरेक पटकथा में हीरो की ज़िंदगी का एक हिस्सा दिखाया जाता है, जो उसकी ज़िंदगी के 2 घंटे हो सकते हैं, 2 दिन हो सकते हैं, 2 हफ़्ते हो सकते हैं, 2 साल हो सकते हैं या फिर 20 साल! जब आप अपनी कहानी लिखने की योजना बना रहे हों तो यह बहुत ज़रूरी है कि आपको अपनी कहानी की काल अवधि पता होनी चाहिए। ऐसा करने से आपको अपनी कहानी को आगे बढ़ाने में, अपने हीरो के किरदार को उभारने और विकसित करने में आसानी रहेगी।

आपकी कहानी का ढाँचा इस प्रकार होना चाहिए :

1. पृष्ठ 1–30 : कहानी का सेट अप
2. पृष्ठ 30–90 : कहानी में रंजिश
3. पृष्ठ 90–120 : कहानी का समाधान यानी अंत

जैसा मैंने पहले भी कहा कि ज़रूरी नहीं है कि 30वें पृष्ठ पर ही आपका पहला प्लॉट प्वॉइंट आए। वह 28वें या 32वें पृष्ठ पर भी आ सकता है लेकिन वह इसके आस–पास ही होना चाहिए।

इस ढंग को 3 एक्ट स्ट्रक्चर कहा जाता है जो सदियों से चल रहा है। पुराने ग्रीक ड्रामे और शेक्सपियर के नाटक सब इस 3 स्ट्रक्चर पर ही आधारित हैं और आज भी यही चल रहा है।

अब तक आप जान चुके कि अपने प्रोजेक्ट के लिए कहानी कैसे चुनी जाए, अपनी कहानी के किरदार कैसे रचे जाएँ और कहानी का ढाँचा कैसा होना चाहिए। यह आपकी कहानी लिखने की तैयारी थी। अब आप कहानी लिखने के लिए तैयार हैं।

16

पहले 10 पृष्ठ

किसी भी कहानी के पहले 10 पृष्ठ बहुत ही महत्त्वपूर्ण होते हैं। उसके कई कारण हैं लेकिन सबसे बड़ा कारण यह है कि अगर आप किसी को कहानी सुनाने बैठते हैं तो सुनने वाले को पहले 10 मिनट में ही पता चल जाता है कि कहानी में कितना दम है! अगर ना भी पता चले तो फ़िल्म लाइन में ज़्यादातर लोगों के पास कुछ सुनने के लिए ना तो इतना वक़्त होता है और ना ही इतना धैर्य! इसलिए यह बहुत ज़रूरी है कि आप पहले 10 मिनट में ही अपनी कहानी सुनने वाले या पढ़ने वाले का ध्यान उसकी ओर खींच सकें।

ज्यादातर बड़ी-बड़ी प्रोडक्शन कंपनियों के स्क्रिप्ट कंसलटेंट पटकथा के शुरुआती दस पन्नों से ही उसके बारे में राय बनाते हैं।

इसलिए किसी भी पटकथा के सन्दर्भ में निम्नलिखित बातों पर गौर करना जरूरी है :

(i) पटकथा का शीर्षक पृष्ठ कितना सही और प्रभावशाली है।

(ii) स्क्रिप्ट के पहले 10 पृष्ठ कितना प्रभाव छोड़ते हैं।

आजकल ऐसा होने लगा है कि लोग आपकी लिखी हुई स्क्रिप्ट पढ़ने लगे हैं। नहीं तो, ज़्यादातर प्रोडक्शन कंपनियों, डायरेक्टर्स या प्रोड्यूसर्स को पढ़ने का शौक नहीं होता। जिन्हें होता भी है, उनके पास पढ़ने का वक़्त नहीं होता। अगर किसी की सिफ़ारिश पर उनके पास स्क्रिप्ट आई भी है तो वे उसे अपने किसी असिस्टेंट को दे देते हैं और कहते हैं कि 'इसे पढ़ो और मुझे बताओ!' असिस्टेंट की उम्र डायरेक्टर या प्रोड्यूसर से कम से कम 10 साल कम होती है, उसका अनुभव, पृष्ठभूमि और सोच अलग होती है। हो सकता है कि उस कहानी का विषय बहुत ही अच्छा हो लेकिन वो उस असिस्टेंट को समझ में नहीं आता और वो अपने बॉस को झट से बोल देता है कि 'कहानी में दम नहीं है'। इस तरह मामला वहीं ख़त्म हो जाता है।

यह सब बातें नए लेखकों के लिए खासतौर पर महत्त्वूर्ण हैं। जो लोग इस इंडस्ट्री में पुराने हैं, वो अपने संपर्कों के जरिए सुनने वाले के एक-दो घंटे हासिल

कर लेते हैं और विस्तार से अपनी कहानी सुनाते हैं। उसके बाद सुनने वाले के ऊपर निर्भर करता है कि उसे क्या करना है। ऐसे लोगों को वक़्त तो मिल जाता है लेकिन अगर उनकी कहानी में दम नहीं है तो नतीजा कुछ नहीं निकलता। आप चाय-कॉफ़ी पीकर और थोड़ी देर बातें करके अपने घर लौट आते हैं और कहानी नहीं बिकती।

बहरहाल, आपको अपने पहले 10 पृष्ठ ऐसे धांसू बनाने हैं कि आपकी कहानी पढ़ने वाला या सुनने वाला इंसान तुरंत ही आपकी कहानी के वश में आ जाए।

अगर 'लगे रहो मुन्नाभाई' का उदाहरण लें, तो हम देखते हैं कि पहले ही सीन में सर्किट और उसके साथी नगर निगम के कमिश्नर गायतोंडे का अपहरण करते हैं। चूँकि कहानी का सुर कॉमेडी है इसलिए उन्होंने अपहरण की घटना भी कॉमेडी वाले अंदाज़ में दिखाई है। गायतोंडे को उठाकर वे लोग सीधा उसे लकी सिंह यानी बोमन ईरानी के ऑफ़िस ले जाते हैं, जहाँ बोमन ईरानी उससे उस बंगले के बारे में बात करता है। यही बंगला आगे चलकर पूरी फ़िल्म में अहम भूमिका निभाता है क्योंकि इसी बंगले में फ़िल्म की हीरोइन और उसके दादा जी के दोस्त रहते हैं। इसी बंगले को धोखे से खाली करवाने के बाद मुन्ना सर्किट को थप्पड़ मारता है उसी बंगले के लिए वे अंत तक लड़ते हैं।

जब लकी सिंह को पहली बार दिखाया जाता है तो नामचीन हस्तियों के साथ उसकी फ़ोटो खिंचवाने की आदत, उसका बात करने का अंदाज़ और उसकी फ़ितरत, सब दिखा दिया जाता है।

इसके तुरंत बाद वो पूछता है, 'आजकल मुन्ना किधर है' इस पर सर्किट के जवाब के बाद हम सीधे अपनी हीरोइन और हीरो पर आ जाते हैं।

अगर आप हिसाब लगाएँ तो यह सब फ़िल्म के पहले 10-15 मिनट में ही हो जाता है।

कितने बढ़िया तरीक़े से अभिजीत जोशी और राजू हिरानी ने कहानी का सेट अप कर दिया। सभी देखने वालों को पता चल गया कि बोमन ईरानी को बंगला चाहिए और उसके लिए वो कुछ भी करने के लिए तैयार है क्योंकि इससे उसकी बेटी का भविष्य जुड़ा है।

कहानी का सुर

कहानी लिखने से पहले हर लेखक तय करता है कि उसकी कहानी कैसी होगी। वो कॉमेडी होगी, थ्रिलर होगी, सस्पेंस ड्रामा होगी या फिर कोई हॉरर फ़िल्म होगी।

जब एक बार आप यह तय कर लेते हो कि आपकी कहानी कॉमेडी होगी तो फिर आपकी कहानी का सुर हमेशा कॉमेडी वाला ही होना चाहिए। जैसा मैंने अभी आपको उदाहरण दिया कि 'लगे रहो मुन्नाभाई' का सुर कॉमेडी है इसलिए उसमें

गायतोंडे का अपहरण भी एक कॉमेडी के अंदाज़ में ही दर्शाया गया है।

इसी तरह, फ़िल्म 'अपहरण' में अजय शास्त्री (अजय देवगन) बाज़ार में जो अपहरण होते हुए देखता है, वह एकदम ख़तरनाक और थ्रिलर वाले अंदाज़ में दर्शाया गया है क्योंकि उस फ़िल्म का सुर वही है।

जब एक ही कहानी में अलग-अलग सुर आ जाते हैं तो उसे लेखक की नाकामी माना जाता है। आपने कई बार देखा होगा कि कोई फ़िल्म बहुत ही गंभीर सुर में चलती है और उसका अंत एकदम बेवकूफ़ाना और घटिया होता है। दर्शक यह बर्दाश्त नहीं कर पाते। अपनी फ़िल्म को एक सुर से दूसरे सुर में ले जाना बहुत ही ऊँचे और मंझे हुए लेखक के बूते की बात है, जो सिर्फ़ अनुभव से ही संभव है।

कई बार ऐसा भी होता है कि आप एक थ्रिलर लिखने की कोशिश कर रहे हैं और 40 पृष्ठ लिखने के बाद आपको महसूस होता है कि आपकी फ़िल्म का सुर कॉमेडी होता जा रहा है। कोई बात नहीं! आप वही सुर पकड़ लीजिए। अगर आप लिखते जाएँगे तो आपकी कहानी का सुर अपने आप पकड़ में आ जाएगा। यह ज़रूर ध्यान रखें कि सुर शुरू से लेकर अंत तक एक समान होना चाहिए।

सीन के हिस्से :

जिस तरह हर कहानी के तीन हिस्से होते हैं, ठीक उसी तरह हर हिस्से के भी तीन भाग होते हैं और उसके हर सीन के भी तीन हिस्से होते हैं। ये इस प्रकार हैं : (i) शुरुआत (ii) मध्य (iii) अंत।

एक बार आपने कहानी का हिस्सा तय कर दिया तो उसके बाद हर हिस्से के तीन हिस्से करना थोड़ा आसान हो जाता है।

पहला हिस्सा जिसे हम **सेट अप** कहते हैं, अगर उसके तीन हिस्से करें तो हर हिस्सा तकरीबन 10 पृष्ठों का होता है। अब आपको तय करना है कि आप अपनी कहानी की शुरुआत कहाँ से करेंगे, हीरो की एंट्री कैसे होगी, कहानी का सुर कैसा होगा और कहानी के मुख्य किरदार कैसे और कब इंट्रोड्यूस किए जाएँगे। यह सब करते करते आपको कहानी को उसके पहले पड़ाव की ओर ले जाना है।

17

पहले पड़ाव की ओर

आपकी फ़िल्म का पहला पड़ाव, (प्लॉट प्वॉइंट) फ़िल्म के 25-30वें मिनट में आएगा। यह वो जगह है जहाँ कहानी में मोड़ आता है और वह दूसरी दिशा पकड़ लेती है। 'लगान' में वो पड़ाव तब आता है जब भुवन कैप्टन रसेल से शर्त लगा बैठता है।

जब एक बार आपने अपने किरदारों का परिचय करा दिया और उनका स्वभाव स्थापित कर दिया तो उसके बाद आपकी कहानी पहले पड़ाव की ओर कैसे जाएगी, यह बात आपके दिमाग़ में होनी चाहिए।

अगर हम लगान को तीन हिस्सों में बांटें तो वे कुछ इस तरह होंगे :

(i) सेट अप—पहले 30 मिनट—यहाँ भुवन का दयालु और निडर स्वभाव, कैप्टन रसेल का सनकीपन, राजा साहब की मजबूरी, गाँव का माहौल, भुवन और राधा का संबंध और सूखा, ये सब स्थापित कर दिया जाता है। यह करते-करते कहानी पहले पड़ाव की ओर बढ़ती है और भुवन और कैप्टन रसेल के बीच शर्त लग जाती है कि 'क्रिकेट खेलेंगे और अगर अंग्रेज हार गए तो 3 साल का लगान माफ़!' यह हो गया सेट अप से लेकर पहले पड़ाव तक का सफ़र!

(ii) पहला पड़ाव (प्लॉट प्वॉइंट-1)—इसके बाद हम देखते हैं कि कैसे भुवन अपनी टीम बनाता है, कैसे एक-एक करके उसकी टीम में खिलाड़ी शामिल होते हैं, वे कैसे खेल सीखते हैं, कैसे गोरी मेम उनका साथ देने को तैयार हो जाती है। दूसरी ओर, कैसे कैप्टन रसेल लाखा को अपनी ओर मिला लेता है और कैसे वो अपनी बहन को गाँव वालों से मिलने से रोकता है। यह पहले पड़ाव से दूसरे पड़ाव तक का सफ़र है।

(iii) दूसरा पड़ाव (प्लॉट प्वॉइंट-2)—90वें मिनट से फ़िल्म के अंत तक-पहले पड़ाव के अंत तक भुवन ने अपना दल बना लिया, थोड़ी बहुत तैयारी कर ली और अब मैच शुरू होने जा रहा है। दूसरा पड़ाव, दूसरा

प्लॉट प्वॉइंट वो स्थान होगा, जहाँ से मैच शुरू होता है। यह फ़िल्म का तीसरा खंड है। इस खंड में समाधान होने वाला है। यह खंड दूसरे पड़ाव से फ़िल्म के अंत तक होता है।

(iv) सीन (दृश्य)

आपकी कहानी का हर सीन आपकी कहानी के लिए बहुत अहम है। आपका हर सीन आपकी कहानी को आगे बढ़ाने वाला होना चाहिए। याद रखिए, अपनी कहानी में ऐसा कोई भी सीन मत डालिए, जो उसकी मूल दिशा में बाधक बने।

अच्छे दृश्यों से ही एक अच्छी फ़िल्म बनती है। जब आप किसी अच्छी फ़िल्म के बारे में बात करते हैं तो उसके अच्छे सीन की बात करते हैं। सीन चाहे कितना भी छोटा या बड़ा हो, उसका मक़सद आपकी कहानी को आगे ले जाने वाला ही होना चाहिए। आप सीन की लंबाई के बारे में चिंता मत कीजिए। अगर आपके किसी सीन में 5 मिनट की डायलॉगबाज़ी है, तो ऐसा ही सही! आपकी कहानी ही सीन की लंबाई तय करेगी।

आपको 'सरफ़रोश' का वो सीन याद ही होगा, जिसमें आमिर ख़ान बस स्टॉप पर सोनाली बेंद्रे से बात करना चाहता है। सोनाली के ठीक पीछे एक सरदार जी खड़े हैं जो बड़ी-बड़ी आँखों से टकटकी लगाए उनकी तरफ़ देख रहे हैं। पूरे सीन में सरदार जी कुछ भी नहीं बोलते लेकिन मुझे याद है कि उस सीन पर पूरा सिनेमा हॉल ज़ोर-ज़ोर से हँस रहा था। यही एक अच्छे लेखक की पहचान है।

इसी तरह, आपको 'सत्या' फिल्म का वो सीन याद होगा, जिसमें भीखू के गैंग वालों ने विरोधी गैंग के एक आदमी को पकड़ रखा है जो उसे मारने आया था। एक ओर तो किसी को मार-मारकर अधमरा करके उसे लटका रखा है और दूसरी ओर, उसके गैंग के दो लोग बाहर खिड़की से उर्मिला मातोंडकर को देखते हैं और उसकी तारीफ़ करते हैं। कितना उभरकर आया था वो सीन!

एक और बात ध्यान रखें। आप कहानी में जो बात कहना चाहते हैं वह दृश्य के जरिए कहें।

अगर आपको किसी इंसान का स्वभाव दिखाना है तो आप किसी और के जरिए यह नहीं कहलवा सकते 'उसका दिमाग़ बहुत तेज़ है'। फ़िल्म में ऐसा नहीं चलता। उसका तेज़ दिमाग़ आपको उसकी हरकतों के माध्यम से दिखाना होगा।

अगर आपने '3 इडियट्स' देखी है तो आपको याद होगा कि उसमें रैंचो (आमिर ख़ान) के पहले ही सीन में कुछ सीनियर उसकी रैगिंग कर रहे हैं और वो कमरे में छुप जाता है। जब उसका एक सीनियर उसके दरवाज़े पर मूत्र-विसर्जन करने जाता है तो रैंचो कैसे उसके कमरे के तार से लकड़ी के रूलर में लोहे की चम्मच लगाकर उसे बिजली का झटका देता है। ऐसा करने से हमें उसके दिमाग़ का अंदाज़ा अच्छी तरह हो जाता है।

रैंचो के दिमाग़ का एक और उदाहरण दूसरे दिन क्लासरूम में दिखाया जाता है, जब वो अपने टीचर के साथ बहस करता है और बहुत ही चतुराई से अपनी बात रखता है।

किसी भी अच्छे सीन में विजुअल एक्शन और डायलॉग दोनों का तालमेल होना चाहिए। वे दोनों मिलकर आपकी कहानी के बारे में कुछ बताते हैं और आपकी कहानी को आगे बढ़ाते हैं।

अच्छा सीन बनाने का एक सबसे आसान तरीक़ा है।

पहले मालूम कीजिए कि उस सीन का मक़सद क्या है। उस सीन के माध्यम से आप अपने दर्शकों को क्या दिखाना चाहते हैं?

क्या आपको अपने किरदार का शरारती स्वभाव दिखाना है? क्या उसका दयालु स्वभाव दिखाना है? वह सीन इस जगह पर ही क्यों है? उसका मक़सद क्या है?

तो पहले आप तय कीजिए कि आपका सीन क्या दिखाना चाहता है। उसके बाद तय कीजिए कि उसे कैसे दिखाना है।

तो पहले आपने तय किया कि इस सीन में आप हीरो का दिमाग़ और उसकी होशियारी दिखाएँगे। उसके बाद आपको तय करना है कि आप उसकी होशियारी कैसे दिखाएँगे। क्या वो गणित की कोई समस्या हल करेगा, क्या वो किसी क्विज़ प्रतियोगिता में हिस्सा लेगा या फिर वो अपने सीनियर को करंट का झटका देगा।

आप अपनी फ़िल्म के सुर के हिसाब से तय कीजिए कि वो आपको कैसे दिखाना है। आप जैसे भी दिखाना चाहो, वो आँखों देखा होना चाहिए और रोमांचक होना चाहिए।

प्रत्येक सीन रोमांचक होना चाहिए।

रोमांचक बनाने के लिए आपको सीन की लोकेशन और समय भी तय करना है।

आपकी कहानी में जितनी ज़्यादा विविधता हो सके उतना बेहतर रहेगा लेकिन अगर आपकी कहानी की ज़रूरत है कि फलाँ सीन अंदर ही हो, तो आप उसे ज़बरदस्ती बाहर ले जाने की कोशिश मत कीजिए।

एक अच्छे सीन पर बहुत कुछ निर्भर करता है। उसकी लोकेशन, किरदार की हरकत और किरदार के बात करने का ढंग वगैरह।

मुझे एक वाकया याद आ रहा है।

हमारी इंडस्ट्री के एक बहुत ही जाने-माने और लोकप्रिय अभिनेता अन्नू कपूर ने एक बार मुझे बताया था कि जब वे 'हम' फ़िल्म की शूटिंग कर रहे थे, तो शूटिंग के पहले दिन फ़िल्म के डायरेक्टर स्वर्गीय मुकुल आनंद ने उन्हें और अनुपम खेर को बुलाया और कहा कि आप दोनों का पुलिस ऑफ़िसर और कांस्टेबल का रोल है, आपको साथ में ही रहना है और एक जैसे कपड़े पहनने हैं। आप दोनों लोग

मिलकर कुछ ऐसा सोचो जिससे आपका किरदार थोड़ा उभरकर आए। कुछ सोचिए और कल आइए।

जब दोनों गाड़ी में जा रहे थे तो अन्नू जी ने यूं ही मज़ाकिया लहज़े में बात करना शुरू कर दिया 'ऐ जी महाराज़ क्या ऐसा नया करें' उन्हें तुरंत यह आइडिया आया कि ऐसा ही करते हैं। फिर उन्होंने वो हिमाचली पहाड़ी अंदाज़ अपनाया और दोनों ने पूरी फ़िल्म में बड़ी ख़ूबसूरती से दर्शाया।

ख़ैर, ये तो तब की बात थी। आजकल के लेखक को बहुत ही निश्चित होना चाहिए कि उसका किरदार कैसे बात करेगा, वो किस पृष्ठभूमि से है और उसकी बोली वगैरह कैसी है।

उन्हीं अन्नू कपूर ने जब 'विकी डोनर' फ़िल्म में डॉ. चड्ढा का रोल किया तो उन्हें स्क्रिप्ट लेखिका जूही चतुर्वेदी ने स्क्रिप्ट में साफ़ दर्शाया था कि आपका किरदार डॉ. चड्ढा है, वो दिल्ली के पहाड़गंज इलाक़े में फ़र्टिलिटी क्लिनिक चलाता है और इस अंदाज़ में ही बात करेगा। बंगाली नहीं, मद्रासी नहीं बल्कि पंजाबी लहज़े में बोलेगा। आप सभी को मालूम ही होगा कि अन्नू जी ने कितनी ख़ूबसूरती से वो किरदार निभाया है। इस भूमिका के लिए उन्हें राष्ट्रीय पुरस्कार भी मिला। यहाँ यह बात गौर करने वाली है कि उस किरदार के बोलने का ढंग वगैरह फ़िल्म की लेखिका जूही चतुर्वेदी और फ़िल्म के डायरेक्टर सुजीत सरकार ने सोचा था।

एक बार फिर सीन की बात! आपका सीन मनोरंजक होना चाहिए और जो भी आपको दिखाना हो वो मनोरंजक और अलग अंदाज़ में दिखाने की कोशिश कीजिए।

आपके दिमाग़ में कोई भी सीन लिखते समय यही बात होनी चाहिए 'क्या ऐसा किसी फ़िल्म में दिखाया गया है' अगर उसका जवाब 'हाँ' है तो अपने दिमाग़ पर ज़ोर डालिए और कुछ अलग अंदाज़ में उसे पेश करने की कोशिश कीजिए।

सीन को दर्शाने का एक और तरीक़ा कारगर हो सकता है। उल्टा कीजिए! उल्टे से मेरा मतलब है कि अगर साधारण स्थिति में किसी को ग़ुस्सा आता है तो वो दीवार पर अपना हाथ मारेगा लेकिन अगर आपने दिखाया कि आपके किरदार को ग़ुस्सा आता है तो वो अकेले-अकेले हँसता है। जैसा 'मुन्नाभाई एमबीबीएस' में बोमन ईरानी का किरदार करता है या 'वेलकम' में नाना पाटेकर का किरदार करता है। उदय भाई ग़ुस्सा आने पर अपने मन ही मन में बड़बड़ाता है 'कंट्रोल, कंट्रोल'। कई बार उल्टा करने से भी सीन उभरकर आ जाता है।

अगर आपने 'गैंग्स ऑफ़ वासेपुर' देखी है, तो आपको याद होगा कि तीन लोग सुल्तान को मारने जाते हैं और फ़ोन पर उसके ठिकाने के बारे में बातचीत कर रहे हैं। उनमें से एक आदमी एक साथ दो लोगों से अलग-अलग मोबाइल पर बात भी कर रहा है और अपने पायजामे का नाड़ा भी बाँधने की कोशिश कर रहा है। क्या यह अलहदा तरीक़ा नहीं है किसी सीन को दर्शाने का? बिल्कुल है! आपकी भी यही

कोशिश होनी चाहिए कि आपकी कहानी का हर सीन अलग और दिलचस्प हो। यह काम इतना मुश्किल नहीं है। अगर आप सोचें और अपनी कल्पनाशीलता दौड़ाएँ तो आपको आइडिया ख़ुद-ब-ख़ुद आ जाएगा।

स्थापित करना

जब आप पहली बार किसी अनजान आदमी से मिलते हैं तो आप उसके बारे में कुछ नहीं जानते। वो क्या करता है, कहाँ रहता है, उसके घर में कौन-कौन हैं, उसकी कमाई कितनी है और उसका स्वभाव कैसा है। फिर उससे 2-3 बार मिलने पर आपको ख़ुद-ब-ख़ुद पता चल जाएगा कि वो अमुक जगह पर रहता है, वो स्वभाव से बड़ा ही घमंडी है और उसे अपने कुत्ते से बहुत प्यार है वग़ैरह वग़ैरह। इसलिए जब वो किसी ऐसे इंसान से लड़ पड़े, जिसने उसके कुत्ते को गाली दी हो तो आपको अजीब नहीं लगेगा क्योंकि आप उसके स्वभाव से वाकिफ़ हो। आप जानते हैं कि उसे अपने कुत्ते से बहुत प्यार है और वो उसके बारे में कुछ भी बुरा नहीं सुन सकता।

ठीक इसी तरह, फ़िल्मों में आपके किरदार का जो स्वभाव है, उसके तौर-तरीक़े, उसकी पसंद-नापसंद आपको स्थापित करनी है। अंग्रेजी में इसे कहते हैं 'Establishing' स्थापित करना। ध्यान रहे, जो भी चीज़ आप स्थापित कर रहे हैं, वो आगे जाकर काम आनी चाहिए। मतलब आपका स्थापित किया गया आगे जाकर वसूल होना चाहिए। अगर आपने ऐसा कुछ स्थापित कर दिया है, जिसका आगे चलकर कोई मतलब ही नहीं है और उसका कहानी में कोई काम ही नहीं है तो ऐसा करना ग़लत होगा। आप अपना वक़्त बर्बाद कर रहे हैं।

'लगान' में हमने शुरुआत में ही दिखा दिया कि कैप्टन रसेल कितना सनकी और अहंकारी इंसान है। उसने राजा साहब से कहा कि अगर वो अपना धर्म भ्रष्ट करके मांस खा लेंगे तो वो उन्हें उनकी रियासत की जनता के लिए मंदिर में जाने की इजाज़त दिलवा देंगे। इसके बाद जब कैप्टन रसेल एक क्रिकेट मैच के लिए 3 साल का लगान माफ़ करने की शर्त लगा बैठा तो दर्शकों को हैरानी नहीं हुई क्योंकि तब तक उन्हें कैप्टन रसेल के सनकीपने और अहंकार का अंदाज़ा हो चुका था। स्थापित किया गया आगे चलकर वसूल होना चाहिए।

कहानी में फ़्लैशबैक

आपने बहुत सारी फ़िल्मों में देखा होगा कि कहानी में कुछ ऐसा होता है कि हम हीरो के या किसी अन्य किरदार के अतीत में चले जाते हैं। वो अतीत उसके बचपन का, उसकी जवानी का या कुछ साल पहले का हो सकता है। इसे फ़िल्मी भाषा में फ़्लैशबैक कहा जाता है।

क्या फ़्लैशबैक में जाना ज़रूरी है? क्या फ़्लैशबैक में जाना किसी लेखक की

कमज़ोरी मानी जाती है ? क्या कोई भी कहानी फ़्लैशबैक में जाए बगैर अच्छी तरह बयाँ नहीं की जा सकती ?

इन सवालों का कोई निश्चित जवाब नहीं है। हर कहानी की ज़रूरत अलग होती है। अगर हम 3 इडियट्स की ही बात करें, तो जब वे लोग रणछोड़दास श्यामलदास चांचड़ के शिमला वाले घर जाते हैं और वहाँ रैंचो की जगह जावेद जाफ़री को पाते हैं और जब जावेद उन्हें असलीयत बताता है तो कहानी एक ब्यौरे के साथ फ़्लैशबैक में चली जाती है। रैंचो के बचपन को दिखाने का इससे बेहतर तरीक़ा कोई और नहीं था। अगर आपको याद हो तो शुरुआत में रैंचो मिलिमीटर को नसीहत देता है कि 'स्कूल जाने के लिए पैसे नहीं यूनिफ़ॉर्म चाहिए' और उसे कुछ पैसे देकर कहता है कि 'जो भी स्कूल पसंद आए उसकी यूनिफ़ॉर्म पहनकर बैठ जा किसी को पता भी नहीं चलेगा'। जब जावेद जाफ़री की ज़ुबानी हमें पता चलता है कि रैंचो बचपन में ऐसा ही करता था, तब हमारे चेहरे पर एक मुस्कान आ जाती है और तब हमें समझ आता है कि उसने मिलिमीटर से ऐसा क्यों कहा था। जो स्थापित किया, उसे आगे जाकर वसूल किया।

फ़्लैशबैक वो तकनीक है, जो जाती तो अतीत में है लेकिन कहानी को आगे लेकर जाती है। कहानी का वो पेंच जो दिखने में ढीला लगता है, जब वो फ़्लैशबैक के जरिए दर्शाया जाता है तो ख़ुद-ब-ख़ुद कस जाता है।

यह आपके ऊपर निर्भर करता है कि फ़्लैशबैक कहाँ डालना है, उसमें क्या दिखाना है। हाँ, इतना ज़रूर याद रखें कि बार-बार फ़्लैशबैक में जाकर अपने दर्शकों को न उलझाएँ! जो भी दिखाएँ साफ़-साफ़ दिखाएँ! अगर फ़्लैशबैक में जाना भी पड़े तो ऐसे जाएँ कि दर्शकों को तुरंत आसानी से समझ में आ जाए।

कहानी में समयांतर (Time lapse)

चूँकि फ़िल्म एक आँखों देखा माध्यम है, इसलिए आपको सब कुछ, यहाँ तक कि गुज़रता हुआ या गुज़र चुका वक़्त भी आँखों देखा बताना होता है। सूर्योदय या सूर्यास्त दिखाने से दर्शकों को एक अच्छा अंदाज़ा हो जाता है, लेकिन अगर आपको दिखाना है कि कोई जासूस अपनी गाड़ी में बैठे-बैठे किसी का 4 घंटे से इंतज़ार कर रहा है, तो यह कैसे दिखाएँगे ? वो बार-बार अपनी घड़ी देखे, लेकिन यह अच्छा नहीं लगेगा। तो आप दिखा सकते हैं कि जब वो यहाँ आया था, तो उसकी गाड़ी की ऐश-ट्रे में एक भी सिगरेट नहीं थी, और अब उसमें सिगरेट के 10-15 ठूँठे पड़े हुए हैं। ऐसा करने से आपके दर्शकों को अच्छा अंदाज़ा हो जाएगा कि वो कितने वक़्त से वहाँ बैठा है। अगर आप सीधे एक दशक का गुज़रा हुआ वक़्त दिखाना चाहते हैं, तो आप सिनेमा के पोस्टर के जरिए यह बता सकते हो। हम सब फ़िल्में देखते हैं और हमें एकदम अंदाज़ा हो जाएगा कि कौन सी फ़िल्म किस दशक में आई थी।

यह मैंने आपको सिर्फ़ उदाहरण के तौर पर बताया है। अगर आप अपना दिमाग़ दौड़ाएँगे, तो आपको अपने आप ही अपनी कहानी में समयांतर दिखाने के तरीक़े सूझ जाएँगे।

घेरा पूरा करना (क्लोजिंग द सर्किल)

कहानी ख़त्म करने का यह बहुत ही अच्छा तरीक़ा है और बहुत सारे फ़िल्म लेखक यह तरीक़ा इस्तेमाल करते हैं।

फ़िल्म का अंत ठीक उसी अंदाज़ में दिखाते हैं, जैसे उनकी फ़िल्म शुरू होती है। मिसाल के तौर पर, आपने मधुर भंडारकर की राष्ट्रीय पुरस्कार प्राप्त फ़िल्म 'पेज 3' देखी होगी। इस फ़िल्म में शुरुआत में लोग एक ऐसे शख़्स के बारे में बात करते हैं, जिसे पेज 3 के बारे में कुछ मालूम ही नहीं है। वे पार्टी में जाते हैं, फ़ोटो खिंचवाते हैं, घुलते-मिलते हैं। इसी पहली पार्टी के सीन में फ़िल्म की हीरोइन कोंकणा सेन शर्मा का परिचय भी हो जाता है।

जब आप इस फ़िल्म का आख़िरी सीन देखते हैं तो उसमें भी ऐसी ही एक पार्टी चल रही है, जिसमें वही लोग हैं। वो एनआरआई महाशय भी हैं जिन्हें पेज 3 के बारे में कुछ मालूम नहीं था लेकिन यहाँ इंटरव्यू दे रहे हैं कि उनकी कंपनी ने एक साल पूरा कर लिया है और अब उनका टर्नओवर इतना हो गया है। इसी पार्टी में कोंकणा भी है और वो आख़िरी सीन में 'मेरी पार्टी ख़त्म हो गई' कहकर पार्टी से निकल जाती है।

जैसे शुरू किया, ख़त्म भी उसी तरह किया। इसे कहते हैं घेरा पूरा कर लेना।

कहानी में इत्तेफ़ाक़

मैंने ऐसी कई सारी कहानियाँ पढ़ी हैं और कई सारी फ़िल्में देखी हैं, जिनमें बहुत सारे इत्तेफ़ाक़ होते हैं।

कहानी में इत्तेफ़ाक़ होना एक कच्चे लेखक की निशानी है। आप कहेंगे कि ज़िंदगी में भी तो इत्तेफ़ाक़ होते हैं और फ़िल्में ज़िंदगी से ही तो प्रेरित होती हैं। सही बात है लेकिन याद रखिए कि आपके दर्शक ने आपकी फ़िल्म देखने के लिए पैसे खर्च किए हैं। उसे आसान या बिना मतलब के इत्तेफ़ाक़ नहीं चाहिए। कहानी में इत्तेफ़ाक़ ना होना ही एक अच्छे लेखक की पहचान है।

फिर भी कहानी में अगर इत्तेफ़ाक़ हो भी, तो वह बिलकुल जरूरी लगना चाहिए। अगर कहानी सिर्फ इत्तेफाक से ही आगे बढ़ने लगेगी तो दर्शक के लिए उसका पुर्वानुमान करना एकदम आसान हो जाएगा। फिर वह हॉल में बैठना गवारा नहीं करेगा।

सत्यानाश प्वॉइंट

यह वो तरीक़ा है, जिसे ज़्यादातर फ़िल्म लेखक अपनाते हैं। फ़िल्म ख़त्म होने से कुछ ही मिनट पहले कहानी में ऐसा मोड़ आता है, जहाँ लगता है कि सब कुछ ख़त्म हो गया और हीरो अपने इरादों में क़ामयाब नहीं हो पाया। यह एक ऐसा एहसास है, जैसे आपका पसंदीदा क्रिकेटर 99 रन पर आउट हो जाए। 'लगान' में जैसे-जैसे मैच आगे बढ़ता है, कभी लगता है कि भुवन की टीम जीत जाएगी और कभी लगता है कि हार जाएगी। देखते ही देखते मैच अपने आख़िरी ओवर में पहुँच जाता है और विकलांग कचरा, को स्ट्राइक मिलती है। यह वो प्वॉइंट है, जिसे मैं 'सत्यानाश प्वॉइंट' कहता हूँ। हमें लगता है कि बेचारा विकलांग कचरा आख़िरी गेंद पर 4 रन कैसे लेगा? भुवन उससे कहता है कि 'तुझे किसी भी हालत में गेंद को बाउंड्री के पार पहुँचाना है'। आख़िरी गेंद है, कचरा स्ट्राइक पर है, क्या होता है? कचरा गेंद को छू तो लेता है और वे दोनों एक रन भी लेते ले हैं, लेकिन चारों ओर हताशा छा जाती है क्योंकि मैच ख़त्म हो गया। तभी अंपायर की आवाज़ आती है 'नो बॉल!' मैंने यह फ़िल्म 12 साल पहले सिनेमा हॉल में देखी थी और मुझे अच्छी तरह याद है कि जैसे ही दर्शकों को पता चलता है कि एक गेंद और है और अपना हीरो भुवन स्ट्राइक पर है, तो पूरे सिनेमा हॉल में हंगामा हो गया था। ऐसा लग रहा था, जैसे भारत और पाकिस्तान के बीच वर्ल्ड कप का फ़ाइनल मैच हो रहा हो। ऐसी कहानी लिखना एक बहुत ही मंजे हुए लेखक के बस की बात है। ऐसे अप्रत्याशित मोड़ न सिर्फ कहानी को जानदार बनाते हैं, बल्कि फिल्म को यादगार भी बना देते हैं।

18

पटकथा की रचना—शुरू से फिर एक बार

एक अच्छी पटकथा लिखने के 4 मूलभूत तत्त्व होते हैं : (i) कहानी का अंत (ii) कहानी की शुरुआत (iii) पहला पड़ाव (प्लॉट प्वॉइंट 1) (iv) दूसरा पड़ाव (प्लॉट प्वॉइंट 2)।

गौर कीजिए कि मैंने सबसे पहले लिखा है कहानी का अंत। याद रखिए कि कहानी सोचने से पहले आपके पास कहानी का अंत होना चाहिए।

अब इन सबको जोड़कर हमें एक अच्छी पटकथा लिखनी है। कैसे?

आपको मूलभूत नियम तो याद होंगे ही—

1. पृष्ठ 1-30-आपकी कहानी का सेट अप
2. पृष्ठ 30-90-आपकी कहानी में रंजिश
3. पृष्ठ 90-120-आपकी कहानी का समाधान यानी अंत

जैसा मैंने पहले कहा था, आपकी कहानी तीन हिस्सों में होगी। शुरुआत, मध्य और अंत। इसे '3 एक्ट स्ट्रक्चर' कहा जाता है।

जैसे आपकी कहानी 3 हिस्सों में बंटी है, उसी तरह हरेक हिस्सा (एक्ट) 3 हिस्सों में बंटा है। उस हर हिस्से में भी शुरुआत, मध्य और अंत होता है।

इसी तरह, आपके हर एक्ट के हर सीन के तीन हिस्से होते हैं और वे भी शुरुआत, मध्य और अंत में बंटे होते हैं। अगर एक बार आपने यह नियम समझ लिया तो आप बहुत आसानी से अपनी पटकथा रच पाएँगे।

एक्ट 1 (शुरुआत) पहले 30 पृष्ठ

पहला एक्ट आपकी फ़िल्म के शुरू होने से शुरू होता है और वो चलता है पहले पड़ाव तक। यह तकरीबन 30 मिनट यानी 30 पृष्ठों का होता है। ये जो पहला एक्ट होगा, इसके भी तीन हिस्से होंगे और उनमें भी शुरुआत, मध्य और अंत होगा।

इन 30 पृष्ठों में आपको अपने किरदार का परिचय देना है, उसका स्वभाव स्थापित करना है और उसकी ख़ास ज़रूरत दर्शानी है। यह सब दृश्यों के जरिए

(विजुअल से) और नाटकीय ढंग से दिखाना है। ऐसे दिखाना है कि दर्शक को देखने में मज़ा भी आए और उन्हें आसानी से समझ में भी आए।

आपको याद है ना, रैंचो का तेज़ दिमाग़ सीनियर को बिजली का झटका देकर दिखाया गया था, ना कि ब्लैकबोर्ड पर गणित का प्रश्न हल करते हुए! दृश्यात्मक और नाटकीय!

एक्ट 2 (मध्य) 30-90 पृष्ठ

पहला खंड ख़त्म होते ही आपको हीरो की ज़रूरत और उसे क्या हासिल करना है, यह स्थापित कर देना होता है। अब दूसरे खंड में, जो सबसे लंबा खंड होता है, आपको हीरो को उसकी मंज़िल हासिल करने की ओर बढ़ता दिखाना होगा। एक बार आपने हीरो की ज़रूरत स्थापित कर ली तो फिर आपको हीरो के मक़सद में बाधाएँ डालनी हैं। बाधाएँ डालने से हीरो और बाधाएँ डालने वाले के बीच रंजिश बढ़ेगी। रंजिश है तो कहानी है और कहानी है तो पटकथा है।

आपको याद ही होगा कि भुवन को टीम बनाने में कितनी मुश्किलें पेश आई थीं। टीम बनने के बाद खेल को शुरुआत से सीखना, फिर खेलना और जीतना! अपने हीरो के रास्ते में आप जितनी ज़्यादा बाधाएँ डालेंगे, कहानी उतनी पेचदार होती जाएगी। जैसे-जैसे वो बाधाएँ सुलझाता जाएगा, वैसे-वैसे ही आपकी कहानी आगे बढ़ती जाएगी।

एक्ट 3 (अंत) 90-120 पृष्ठ

ये आपकी फ़िल्म के आख़िरी 30 मिनट हैं। इसकी भी एक शुरुआत, एक मध्य और एक अंत होगा। इस खंड के अंत के साथ ही आपकी कहानी/पटकथा का भी अंत आ जाएगा। ज़्यादातर इस खंड के शुरू होने तक हीरो फ़िल्म के विलेन के मुक़ाबले में आ जाता है। इससे पहले तक वो जूझ रहा होता है, उसकी राह में बाधाएँ आ रही होती हैं, लेकिन इस खंड के शुरू होते ही वो अपने विलेन को टक्कर देने की हालत में आ जाता है और खंड ख़त्म होते-होते वो विलेन को पराजित कर देता है।

'लगान' में यह खंड तब शुरू होता है जब मैच शुरू होता है। अब तक भुवन एक साधारण गाँव वाला था, जिसने एक अंग्रेज साहब से पंगा लिया, शर्त लगाई, अपनी टीम बनाई, खेल सीखा और अब वो खेल खेलने मैदान में उतर चुका है। मैदान में भुवन अब कैप्टन रसेल का मुक़ाबला करने तक आ गया है।

अगर हम 'लगान' के इस खंड को तीन हिस्सों में बाटें तो पहले खंड में भुवन मैदान में उतरता है लेकिन गड़बड़ हो रही है। सभी फ़ील्डर गेंद की ओर भाग रहे हैं, कचरा से गेंद स्पिन नहीं हो रही है, लाखा कैच छोड़ रहा है। फिर मध्य में धीरे-धीरे उन्हें खेल पकड़ में आता है। कचरा की गेंद स्पिन होने लगती है, लाखा को भी

अपनी ग़लती का अहसास हो गया है और वो भी अपने गाँव वालों की ओर आ गया है और अपनी वफ़ादारी का सबूत देता है। अन्ततः अंग्रेज टीम आउट हो जाती है।

तीसरे हिस्से में भुवन की टीम बैटिंग शुरू करती है, रन बनने शुरू होते हैं, कुछ देर तक ठीक चलता है लेकिन फिर सोढ़ी इत्तेफ़ाक़ से आउट हो जाता है। उसके बाद इस्माइल आता है और उसके भी पैर में चोट लग जाती है लेकिन अपना हीरो भुवन डटा हुआ है। फिर इसन काका आते हैं, वे दौड़ नहीं पाते, थक जाते हैं और रन आउट हो जाते हैं। भुवन की टीम के एक के बाद एक विकेट गिरते चले जाते हैं और मैच ख़त्म होने की ओर बढ़ता है। उसके बाद इस्माइल वापस आता है और छोटे लड़के टीपू के रूप में एक रनर के साथ बैटिंग करता है। भुवन की टीम में उम्मीद की लहर दौड़ जाती है। कैप्टन रसेल बड़ी चालाकी से टीपू को रन आउट करा देता है और भुवन की टीम में मायूसी छा जाती है। अब आता है खेल का आख़िरी लम्हा! सिर्फ़ कचरा और भुवन बचते हैं और अंत में भुवन मैच जीत लेता है।

तो आपने देखा कि कैसे हर खंड के तीन हिस्से होते हैं। शुरुआत, मध्य और अंत। यही सबसे अच्छा तरीक़ा है एक अच्छी कहानी बयाँ करने का।

रिसर्च

एक अच्छे लेखक से अपेक्षा होती है कि उसे किसी आम इंसान से थोड़ा ज़्यादा ज्ञान हो। उसे कई विषयों का विस्तृत ज्ञान होना चाहिए। विस्तृत न भी हो तब भी उसे तमाम विषयों के प्रति जिज्ञासु होना ही चाहिए। दरअसल एक लेखक को कहानी लिखते वक्त किसी भी विषय से साबका पड़ सकता है।

हम सब हर महीने अपने बाल कटवाने के लिए नाई के पास जाते हैं। क्या कभी आपने यह सोचा है कि 'जो इंसान दूसरों के बाल काटता है, वो अपने बाल किससे कटवाता होगा? क्या वो ख़ुद काटता होगा? अगर दूसरों से कटवाता होगा तो किस तरह उसे निर्देश देता होगा?'

ये है तो साधारण-सा सवाल लेकिन किसी दिन आप अपने नाई से पूछकर देखिए। हो सकता है कि आपको कई ऐसे मज़ेदार जवाब सुनने को मिलें, जो आम तौर पर किसी को पता नहीं होते। किसी आम इंसान को ऐसा ख़याल नहीं आ सकता। यह ख़याल सिर्फ़ उसे ही आ सकता है, जिसके मन में कुछ जानने की क़ुदरती जिज्ञासा हो। जिज्ञासा है तो ज्ञान है और ज्ञान है तो आप अच्छे लेखक बन सकते हैं।

आप कुछ तभी लिख सकेंगे, जब आपको यह मालूम हो कि आपको लिखना क्या है। जब आपको किसी विषय का ज्ञान ही नहीं है तो आप उस विषय पर लिखोगे कैसे?

मैं आपको 'विकी डोनर' फ़िल्म की मिसाल देता हूँ। एक बहुत ही दिलचस्प

और नया विषय! शुक्राणु! क्या आपको लगता है कि एक दिन लेखक के दिमाग़ में बैठे-बैठे यूँ ही यह ख़याल आ गया होगा कि ऐसी फ़िल्म लिखते हैं और उसने फ़िल्म लिख दी होगी? बिल्कुल नहीं!

जाहिर है कि यह फिल्म का कोई पारम्परिक विषय नहीं था। बेशक लेखक के दिमाग़ में पहले यह ख़याल ज़रूर आया होगा कि 'स्पर्म डोनेशन' पर एक अच्छी फ़िल्म लिखी जा सकती है लेकिन इसके लिए उसे वैज्ञानिक अनुसन्धान का खासा अध्ययन करना पड़ा होगा। उन्होंने पता किया होगा कि फ़र्टिलिटी क्लिनिक कैसे होते हैं, वहाँ शुक्राणु कैसे लिए जाते हैं, कैसे स्टोर किए जाते हैं, वहाँ आने वालों का नज़रिया कैसा होता है, वहाँ काम करने वाले कैसा व्यवहार करते हैं, वगैरह-वगैरह। इस सब पर लेखक ने बहुत बारीकी से रिसर्च की होगी तब जाकर उन्होंने इतनी बढ़िया फ़िल्म लिखी होगी।

रिसर्च शब्द जितना मुश्किल लगता है, फ़िल्म के लिए रिसर्च करना उतना मुश्किल नहीं है। इंटरनेट के ज़माने में रिसर्च करना बहुत आसान हो गया है। मुझे याद है कि 15 साल पहले अगर किसी विषय पर आपको रिसर्च करनी होती थी तो आपको किसी लाइब्रेरी में जाना पड़ता था, किताबें खंगालनी पड़ती थीं और नोट्स बनाने पड़ते थे। मैंने पुरानी माइक्रो फ़िल्म्स देखने के लिए और नोट्स बनाने के लिए टाइम्स ऑफ़ इंडिया के आर्काइब में कितने ही दिन बिताए हैं।

आजकल यह सब बहुत आसान हो गया है। आप गूगल में 'स्पर्म डोनेशन' डालिए और आपको लाखों लिंक मिल जाएँगे। आप 'फ़नी मोमेंट्स ऑफ़ स्पर्म डोनेशन' डालिए तो आपको 50,000 ऐसी कहानियाँ मिल जाएँगी, जो स्पर्म डोनेशन से जुड़ी हुई हैं और काफी मनोरंजक हैं।

अगर आप फ़ौज के बारे में फ़िल्म लिख रहे हैं और आपको किसी फौज और फौजियों की जानकारी प्राप्त करनी ही होगी। इसके लिए क्या करेंगे? अपने आस-पड़ोस में पता कीजिए कि क्या वहाँ कोई रिटायर्ड फ़ौजी अफ़सर रहता है। सीधे उनके घर चले जाइए और उनसे बोलिए कि आप एक फ़िल्म की कहानी लिख रहे हैं, जिसके लिए आपको फ़ौज के बारे में कुछ जानकारी चाहिए। मुझे पक्का यक़ीन है कि जो भी जानकारी उनके पास है, उसे वो आपसे ज़रूर साझा करेंगे।

फ़ौज ही क्यों, आप वैज्ञानिक, मैकेनिक या चाहे कोई और विषय ले लें। फ़िल्म एक ऐसा जादुई माध्यम है, जो हमारे पूरे देश को जोड़ता है। फ़िल्म लाइन के बारे में करोड़ों लोगों को जिज्ञासा रहती है और ज़्यादातर लोग किसी ना किसी रूप में फ़िल्मों में काम करने की इच्छा पाले रखते हैं। यक़ीन मानिए 99 फीसदी लोग आपको मना नहीं करेंगे।

हर व्यवसाय के काम-काज के कुछ अंदरूनी तौर-तरीक़े होते हैं, उसकी अपनी भाषा होती है, उसके अपने व्यवसायिक चुटकुले होते हैं। यह सब आपको

किसी विशेषज्ञ से ही जानने को मिलेगा, जिसे आप अपनी फ़िल्म में बड़े बढ़िया तरीक़े से शामिल कर सकते हैं, जिससे आपकी कहानी में चार चाँद लग जाएँगे।

मैं एक बार ऐसी कहानी लिख रहा था, जिसमें कुछ आतंकवादी एक हवाई जहाज को हाईजैक कर लेते हैं। हमारे पड़ोस में एक सज्जन रहते थे, जो एयरपोर्ट पर एयर ट्रैफ़िक कंट्रोल (एटीसी) में सुपरवाइजर थे। मैंने एक दिन उनसे निवेदन किया कि 'क्या आप मुझे एटीसी (कंट्रोल टॉवर) दिखा सकते हैं? उसे देखकर मैं सिर्फ़ एक अंदाज़ा लेना चाहता हूँ।' आप जानते हैं कि एटीसी में जाना इतना आसान नहीं है लेकिन साल में एक बार उनका 'फ़ैमिली डे' होता है, जब वे अपने परिवार और दोस्तों को अपने काम की जगह दिखाने ला सकते हैं। वो अपने साथ मुझे भी ले गए। मुझे बहुत अच्छा लगा और एक अंदाज़ा हो गया। सबसे बड़ा फ़ायदा यह हुआ कि मुझे उसी दिन पता चला कि एटीसी वालों का काम कितना तनावपूर्ण और मुश्किल होता है। उन पर कितनी बड़ी ज़िम्मेदारी होती है और 8 घंटे की शिफ़्ट करने के बाद उनकी मानसिक हालत कैसी हो जाती है। उनकी ज़रा सी ग़लती की वजह से कोई बहुत बड़ी दुर्घटना हो सकती है। मुझे यह भी पता चला कि ज़्यादातर एटीसी वालों का स्वभाव उग्र होता है और उनमें दूसरों से बात करने का धैर्य नहीं होता। इस जानकारी का मेरी कहानी से कोई लेना-देना नहीं था लेकिन ये सब बातें जानने को मिलीं तो दिमाग़ में रह गईं।

कुछ सालों के बाद, मैं एक पारिवारिक कहानी लिख रहा था, जिसमें एक परिवार में मियां-बीवी में तनाव आता है और बीवी मायके चली जाती है। मैंने सोचा कि क्यों ना इस किरदार को मैं एटीसी में काम करने वाला अधिकारी बनाऊँ? ऐसा करने से मेरी उस दिन की रिसर्च भी काम आ गई और मैं अपने किरदार में एक नया पहलू भी ला सका।

वास्तव में कोई भी रिसर्च कभी बेकार नहीं जाती। भल ही तत्काल उसका उपयोग न हो।

ढाँचा (स्ट्रक्चर)

मान लीजिए कि आपने निश्चित कर लिया है कि मैं एक ऐसे इंसान की कहानी लिखूंगा, जो एक पैर से विकलांग हैं और उसे माउंट एवरेस्ट पर चढ़ना है। तो सबसे पहले ये तय कीजिए कि माउंट एवरेस्ट पर आपके हीरो को चढ़ना है या हीरोइन को? उसे एवरेस्ट पर चढ़ने की ज़रूरत क्या है? अगर वो अपने इरादों में क़ामयाब नहीं हुआ तो उसका और उसके क़रीबी लोगों का क्या और कितना नुकसान हो जाएगा? इसे अंग्रेजी में कहते हैं 'ड्रामेटिक नीड'। जितनी ज़्यादा ड्रामेटिक नीड (ज़रूरत), उतनी ज़्यादा रंजिश और जितनी ज़्यादा रंजिश उतनी ज़्यादा दिलचस्प आपकी कहानी!

अब आपने अपने हीरो की ड्रामेटिक नीड तय कर ली, आपने अपनी कहानी का अंत तय कर लिया कि मेरा हीरो, जो एक टांग से अपाहिज है, वो माउंट एवरेस्ट पर चढ़ेगा।

अब आपको माउंट एवरेस्ट के बारे में सारी जानकारी जुटानी होगी। आप रिसर्च करना शुरू कर दीजिए कि माउंट एवरेस्ट पर कैसे चढ़ा जाता है, उसकी ट्रेनिंग कहाँ मिलती है। आप ऐसे लोगों से बात कीजिए जो माउंट एवरेस्ट पर जा चुके हों।

ऐसा करने से आपको साफ़-साफ़ अंदाज़ा हो जाएगा कि माउंट एवरेस्ट पर चढ़ना कितना मुश्किल है और उसके लिए क्या-क्या करना पड़ता है। जब आपको यह अंदाज़ा हो जाएगा तो आपको अपनी कहानी लिखने में बहुत आसानी हो जाएगी।

तो अब यह तय है कि कहानी क्या होगी और आपकी रिसर्च भी तय है, तो अब आप अपनी कहानी के किरदारों पर काम करना शुरू कर सकते हैं।

जैसा मैंने पहले कहा था, आपकी फ़िल्म के किसी भी किरदार के दो पहलू होंगे। एक उसके पैदा होने से आपकी कहानी शुरू होने तक और दूसरा आपकी कहानी शुरू होने से कहानी के अंत तक। तो आपको उसकी पृष्ठभूमि सोचनी है, जैसे कि उसकी परवरिश कैसी थी, उसका दुनिया देखने का नज़रिया कैसा है। और सबसे ज़रूरी आपको यह तय करना है कि अगर उसका एक ही पैर है तो उसने अपना दूसरा पैर किस हादसे में गंवाया! अगर वह फ़ौजी था और देश की रक्षा करते हुए उसने अपना पैर गंवाया है तो उसका नज़रिया अलग होगा। या अगर वह फ़ौजी था और किसी रईसज़ादे ने उस पर गाड़ी चढ़ा दी थी तो फिर उसका नज़रिया बिल्कुल जुदा होगा।

यह सब हो जाने के बाद, आपको अपनी कहानी की शुरुआत, उसका पहला पड़ाव और दूसरा पड़ाव सोचना है। ध्यान रहे कि अंत आपने पहले ही सोच रखा है। आपका हीरो अपनी ज़रूरत पूरी करने के लिए माउंट एवरेस्ट पर चढ़ेगा और क़ामयाब होगा।

इस कहानी में आपका पहला पड़ाव तब आएगा, जब आपका हीरो यह तय कर लेगा कि उसे माउंट एवरेस्ट पर चढ़ना है। इससे पहले के 20-25 मिनट में आप उसके इरादे, उसकी ज़रूरत और उसके लिए माउंट एवरेस्ट पर चढ़ना क्यों ज़रूरी है, यह सब स्थापित करेंगे। कारण चाहे जो भी हो, लेकिन वह ऐसा होना चाहिए कि आपके दर्शकों को छू जाए और वे आगे के घटनाक्रम को जानने के लिए उत्सुक हो जाएँ।

दूसरे खंड में हीरो की तैयारी और तैयारी में आने वाली बाधाएँ, उसकी ट्रेनिंग वगैरह सब कुछ आ जाएगा। याद रखें कि यह खंड लंबा है और आपको एक-

एक सीन को रोमांचक बनाना है और धीरे-धीरे अपने हीरो को उसके मक़सद की ओर ले जाना है।

यह सब दिखाने के दौरान ही हीरो के मन में जो रंजिश चल रही है वो भी बताना होगा। इसे 'सब-प्लॉट' कहते हैं। 'सब-प्लॉट' आपकी कहानी का वो पहलू है जो पूरी कहानी से कहीं ना कहीं जुड़ा हुआ है। वो कुछ भी हो सकता है। हीरो का अपनी माँ के साथ भावनात्मक संबंध, उसकी प्रेमिका के साथ उसका व्यवहार या अपने किसी दोस्त के साथ अनबन। जो भी हो, वो कहानी का हिस्सा होना चाहिए।

इसका मतलब यह भी नहीं है कि आप कहानी के दूसरे खंड में एक के बाद एक बाधाएँ डालते जाएँ और आपका हीरो उन्हें दूर करता जाए। ऐसा करना बिल्कुल ग़लत होगा। आप जो भी लिखें, उसका कहानी की कड़ियों से अपरिहार्य रिश्ता होना चाहिए।

आपके किरदार का चरित्र ही दर्शाएगा कि वो किस हालात में क्या करेगा।

मसलन एक आदमी सड़क पर चल रहा है और वो 100 रुपए का नोट पड़ा देखता है। अगर उसने वो नोट अपनी जेब में डाल लिया तो वो उसके बारे में बहुत कुछ कहेगा। अगर उसने वो नोट उठाकर किसी ग़रीब को दे दिया, तो वो कुछ और कहेगा और अगर उसने वो नोट उठाया ही नहीं, तो भी देखने वाले को उसके बारे में बहुत कुछ पता चल जाएगा। तो आपको भी ऐसे खास प्रसंगों से अपने किरदार का चरित्र स्थापित करना होगा।

फ़िल्म में हीरो की ख़ासियत यह होती है कि वह बाक़ी दूसरों से अलग होगा। उसमें निश्चित ही ऐसा कुछ होगा जो आम लोगों में नहीं होता। इसलिए वह हालात के भरोसे नहीं बैठा रहेगा बल्कि हालात से जूझेगा। सोचिए अगर भुवन क्रिकेट मैच खेलने की शर्त नहीं लगाता तो क्या 'लगान' बनती? किसी भी फ़िल्म में हीरो हालात को अपने क़ाबू में करता है और उन हालात से लड़ता है और मुश्किलों का सामना करने के बाद वो अपने इरादों में क़ामयाब होता है।

यह सब कुछ तय करने के बाद, आप अपनी कहानी का एक 'सीन वन लाइन' तैयार कीजिए। सीन वन लाइन आपकी कहानी के हर सीन का संक्षेप है। इसे अपने संदर्भ के लिए लिखना होता है।

मिसाल के तौर पर—

अंदर हॉस्टल रात (INT HOSTEL NIGHT)

रैंचो की एंट्री, रैगिंग चल रही है, रैंचो सीनियर को झटका देता है।

बाहर कॉलेज परिसर दिन (EXT COLLEGE COMPOUND DAY)

वायरस की एंट्री, उसकी पहचान, वायरस और रैंचो में बहस (बहस का विषय अभी तय नहीं)।

एक बार जब आपने लिख लिया कि आपको वायरस और रैंचो के बीच बहस दिखानी है तो उसके बाद आपको यह सोचना है कि आपके किरदारों के बीच क्या बहस हो सकती है? किस विषय पर हो सकती है? विषय ऐसा होना चाहिए कि वह कहानी के सुर से और किरदारों के सुर से मिलता हो। '3 इडियट्स' के उस सीन को याद कीजिए, जिसमें वीरू सहस्त्रबुद्धि नासा के वैज्ञानिकों के बनाए एस्ट्रोनॉट पेन के बारे में बात करता है और रैंचो उसे एक ही सवाल में चुप कर देता है। वो पूछता है 'लेकिन सर, वो लोग पेंसिल इस्तेमाल क्यों नहीं करते? कितने लाख रुपए बच जाते!'

विषय भी कहानी के सुर से मिला हुआ था। बातचीत से भी किरदारों की फ़ितरत सामने आती है और आगे चलकर दो बहुत ही अहम दृश्यों में उस पेन का बहुत ही ख़ूबसूरती के साथ इस्तेमाल दिखाया गया है। एक जब रैंचो डिलीवरी करता है और वीरू उसे पेन देता है और उससे कहता है कि क्यों एस्ट्रोनॉट ने पेंसिल का इस्तेमाल नहीं किया। दूसरा, आख़िरी सीन में जब उसी पेन से रैंचो अपने हारने के पेपर पर चतुर को दस्तख़त करके देता है। तब फिल्म की कहानी में पेन का प्रसंग पूर्णता प्राप्त करता है। घेरा पूरा करो (क्लोजिंग द सर्किल)! यही एक अच्छे लेखक की निशानी होती है।

आप ऊपर बताए गए ढंग से पहले खंड के हर सीन के लिए सीन वन लाइनर तैयार करेंगे। यह आप एक पेपर पर भी लिख सकते हैं या फिर मैंने जो सॉफ़्टवेयर आपको बताया है—'सेलटेक्स', उसमें 'इंडेक्स काड्‌र्स' के नाम से एक बटन है, जहाँ आप अपनी कहानी के वन लाइनर्स लिख सकते हैं।

पुराने जमाने में लेखक 3'×5' के कार्ड पर सीन वन लाइनर लिखते थे और उसे अपनी मेज़ पर या बोर्ड पर लगाकर देखते थे। यह पुराना तरीक़ा था।

पहले 30 मिनट के सीन वन लाइनर लिखने के बाद ध्यान से पढ़ें। आपको ख़ुद ही अंदाज़ा हो जाएगा कि हीरो थोड़ा लेट आ रहा है, या फलाँ सीन की यहाँ ज़रूरत नहीं है, फलाँ सीन कुछ ख़ास नहीं कर रहा है। ऐसे गैर जरूरी सीन तुरंत बदल डालिए। आगे और बहुत संशोधन होंगे लेकिन अगर आपको लगे कि कोई चीज़ काम नहीं कर रही है तो अपने मन के हिसाब से आप उसे बदल दीजिए।

कितने सीन हो रहे हैं, सीन की लंबाई क्या होगी, आप इन सब बातों की फ़िक्र मत कीजिए। यह सिर्फ़ आपके संदर्भ के लिए है। आप बाद में उस पर विस्तार से काम करने ही वाले हैं। अभी तो आपको सिर्फ़ फ़िल्म शुरू होने से लेकर फ़िल्म के पहले पड़ाव तक का सफ़र एक लाइन में लिखना है।

यह सिर्फ़ एक तरीक़ा है। अगर आप कोई और तरीक़ा खोज सकते हैं, जिसमें आपको आसानी हो तो बेशक उसे ही अपनाइए।

नीचे लिखी हुई बातों को याद रखिए :

(i) आपकी कहानी दृश्यात्मक होनी चाहिए, ना कि 'शब्दों से व्यक्त होनेवाली।

(ii) आपका हर सीन कहानी को आगे बढ़ाने वाला होना चाहिए।

(iii) आपका हीरो कौन है, यह बात एकदम तय होनी चाहिए।

(iv) हीरो के इरादे, हीरो को क्या हासिल करना है, यह एकदम स्पष्ट होना चाहिए।

(v) आपका हीरो एक्शन को आगे बढ़ाएगा, वह हाथ पर हाथ धरे नहीं बैठेगा।

(vi) सब कुछ स्पष्ट करने की ज़रूरत नहीं पड़नी चाहिए।

(vii) बहुत कुछ बहुत तेज़ी के साथ नहीं होना चाहिए।

किसी भी अच्छी पटकथा की ख़ासियत होती है कि वह पहले पृष्ठ की पहली लाइन से ही सबको बाँधकर रखे। पहले 30 मिनट के दौरान ही आपको अपनी कहानी का सुर, अपने हीरो के इरादे और हीरो की ज़रूरत सब कुछ स्थापित कर देना चाहिए।

19

कुछ और काम की बातें

कहानी शुरू करने से पहले आपकी तैयारी पूरी हो जानी चाहिए। अगर आप पूरी तैयारी के बगैर लिखना शुरू करेंगे तो आगे चलकर आपको दिक़्क़त पेश आएगी।

किसी भी फ़िल्म की पटकथा लिखना एक बहुत ही अनोखा अनुभव होता है। किसी दिन आपको लगता है कि 'आज तो बढ़िया लिखा', और किसी दिन आपको लगता है 'यार, मज़ा नहीं आ रहा' और फिर किसी दिन जो आपको बढ़िया लग रहा था वह किसी और दिन पसंद नहीं आता। इस रचनात्मक प्रक्रिया में ऐसा अनुभव बिलकुल स्वाभाविक है।

पटकथा लिखना एक मेहनत का काम है, जिसमें जितनी भूमिका प्रतिभा की है, उतनी ही भूमिका परिश्रम की भी है।

परिश्रम अनुशासन की माँग करता है। इसलिए एक लेखक के रूप में आपको अपनी रुटीन तय करनी चाहिए। निश्चित ही यह आपकी अपनी मर्ज़ी और अपने समय के हिसाब से होना चाहिए। अगर आप एक उभरते हुए एक्टर हैं तो जैसे ही आपको किसी ऑडिशन के लिए फ़ोन आता है तो आपको उस वक़्त वहाँ हाज़िर होना पड़ता है लेकिन लेखक के लिए ऐसी कोई मजबूरी या इमरजेंसी नहीं होती। लेखक नौकरी करते हुए भी अपनी कोई कहानी लिख सकता है या कोई बिज़नेस करते हुए भी अपनी कहानी लिख सकता है। लेकिन जब आप लिखना तय कर लेते हैं तब आपको लिखने के वक्त का पाबन्द होना पड़ेगा।

जब मेरी पहली फ़िल्म परदे पर आई तब मैं 'विप्रो' नामक कंपनी में काम करता था। मेरी नौकरी चल रही थी और मुझे हफ़्ते में दो दिन छुट्टी मिलती थी। उन छुट्टियों में ही मैं अपनी कहानी लिखता था। यह बात अलग है कि उससे पहले मैंने लगभग दो साल तक अपने देश के खिलाड़ियों पर रिसर्च की थी।

लेखक यह कर सकता है।

जैसा कि मैंने पहले कहा आप चाहे एक गृहिणी हों या कोई व्यावसायिक पेशेवर या कोई बिज़नेसमैन या चाहे कोई और हों, आप लिखना शुरू कर सकते हैं,

लेकिन आपको एक दिनचर्या तय करनी ही पड़ेगी कि मैं रोज़ इतने बजे से इतने बजे तक लिखूंगा। आपको इस दिनचर्या का पालन करना पड़ेगा। सब का काम करने का अंदाज़ अलग होता है। नौकरी के दौरान मेरी अक्सर नाइट शिफ़्ट होती थी, इसलिए मैं सुबह साढ़े पांच-छह बजे घर पहुँचता था। पहुँचने के बाद दो घंटे तक लिखता था और फिर 8 बजे सो जाता था। छुट्टी के दिन कम से कम 4 घंटे लिखने की कोशिश करता था। इसी दिनचर्या से मैंने अपनी पहली कहानी लिखी थी।

जैसे-जैसे आप लिखना शुरू करेंगे आपको अपनी क्षमता और गति का अंदाज़ा हो जाएगा। अगर आप दिन में दो घंटे काम करते हैं और हर घंटे तीन पृष्ठ लिखते हैं तो यह अन्दाजा लगाना आसान हो जाएगा कि आपको 120 पृष्ठों की अपनी पटकथा लिखने में कितना समय लगेगा।

कोई भी इंसान तभी लेखक बन सकता है, जब वह कुछ लिखे और उसकी लिखी हुई उस चीज़ को कोई ख़रीदे। इससे पहले आपको एक चीज़ की बहुत ज़रूरत पड़ेगी और वह चीज़ है अपने परिवार वालों और अपने चाहने वालों का सहयोग। परिवार वालों और चाहने वालों के सहयोग के बगैर कोई लेखक नहीं बन सकता। यह संभव है कि आपके परिवार वाले आपके लिखने के जुनून को समझ ना पाएँ। हो सकता है कि उन्हें लगे कि आप अपना वक़्त बर्बाद कर रहे हैं। यह भी हो सकता है कि आपको अपने परिवार वालों और दोस्तों के ताने सुनने पड़ें। आप इन सब पर ध्यान मत दीजिए। अगर आपको ख़ुद पर भरोसा है और आप में कहानी लेखक बनने का जुनून और क्षमता है, तो आप बेधड़क होकर लिखना शुरू कर दीजिए।

मैंने कई ऐसे लोगों को देखा है जो अपनी अच्छी-ख़ासी नौकरी या काम-धंधा छोड़कर किसी दिन अचानक एलान कर देते हैं कि 'आज से नौकरी बंद! मैंने अपनी कहानी लिखना शुरू कर दिया है!' ऐसा करना बिल्कुल ग़लत है। जब तक आप एक क़ामयाब लेखक नहीं बन जाते और आपकी लिखी हुई चीज़ को कोई ख़रीद नहीं लेता, तब तक आपको अपनी नौकरी या काम-धंधे को छोड़ना नहीं चाहिए। आप बेशक लिखिए लेकिन अपनी ज़िम्मेदारियों को निभाते हुए। यह पूरावक्ती लेखक बनने का फैसला करने से पहले उसकी व्यावहारिकता को देखना जरूरी है।

20

फ़िल्म के डायलॉग

डायलॉग : कादर ख़ान

आपने कितनी ही फ़िल्मों में देखा होगा कि कादर ख़ान साहब किसी साधारण से सीन में भी अपने डायलॉग रो जान डाल देते थे। उनके लिखने का ढंग एकदम अलग और निराला था। सलीम-जावेद साहब की लिखी फ़िल्मों के वो डायलॉग और उन पर अमिताभ बच्चन की वो आवाज़! क्या अंदाज़ था लिखने का, क्या लाइनें होती थीं! मज़ा आ जाता था।

पुरानी फ़िल्मों में (अब भी कुछ फ़िल्मों में) कहानी का, पटकथा का और डायलॉग का अलग-अलग लोगों को क्रेडिट दिया जाता है। फ़िल्म की कहानी किसी ने लिखी होती है, पटकथा किसी और ने और डायलॉग किसी और ने!

ऐसा क्यों? ऐसा इसलिए क्योंकि जिसने कहानी सोची है, उसे पटकथा लिखने में उतनी महारत हासिल नहीं है और जिसने पटकथा लिखी है, उसे डायलॉग लिखना थोड़ा मुश्किल लगता है।

एक अच्छे लेखक की निशानी यह है कि वो फ़िल्म की कहानी सोचे, उसकी पटकथा रचे और उसके डायलॉग भी लिखे।

देखा जाए तो डायलॉग पटकथा का ही एक हिस्सा होते हैं, ठीक उसी तरह जैसे कहानी भी पटकथा का ही एक हिस्सा होती है।

आपकी पटकथा में आपके किरदार के डायलॉग उसे और भी उभारेंगे। जब वही डायलॉग अमिताभ बच्चन, अन्नू कपूर या नसीरुद्दीन शाह जैसे ऊँचे कलाकार परदे पर अपने अंदाज़ में बोलेंगे तो आपके सीन में चार चाँद लग जाएँगे।

डायलॉग लिखने के कुछ नियम-क़ायदे

वास्तविकता नहीं होनी चाहिए

जी हाँ! किसी भी फ़िल्म का कोई भी धांसू डायलॉग उठाकर देख लीजिए। क्या कोई भी आम इंसान अपनी आम ज़िंदगी में ऐसे बात करता है? बिल्कुल नहीं!

एक अच्छे लेखक की यही पहचान है कि वो अपने किरदार से ऐसे डायलॉग बुलवाए, जो आम ज़िंदगी में कोई नहीं बोलता लेकिन फिर भी वो सबको एकदम वास्तविक लगे।

कुछ नौसिखिए लेखक अपने डायलॉग में 'हम्म', 'अरे', 'मुझे लगता है' जैसे शब्द यह कहकर डालते हैं कि 'आम ज़िंदगी में लोग ऐसे ही बात करते हैं।'

लेकिन महत्त्वपूर्ण यह है कि आप जो भी डायलॉग लिख रहे हैं, उससे किरदार स्थापित हो रहा है या नहीं?

फ़िल्म में जब आपके किरदार बात करें तो कुछ भी टाइम पास टाइप नहीं होना चाहिए। उनके डायलॉग कट टू कट होने चाहिए। हर लाइन में उस किरदार और उस सीन का अभिप्राय सही ढंग से दिखाना चाहिए।

जितना कम उतना अच्छा

एक अच्छे कलाकार की ख़ासियत है कि वो जितना हो सके उतने कम से कम बोले। आपकी हर लाइन का एक स्पष्ट मंतव्य होना चाहिए। आपकी फ़िल्म के डायलॉग के दो मक़सद होने चाहिए। पहला, किरदार के बारे में कुछ बताना और दूसरा, कहानी को आगे बढ़ाना।

प्रत्येक डायलॉग को लिखने के बाद लेखक को ख़ुद से पूछना चाहिए: क्या यह डायलॉग कहानी को आगे बढ़ा रहा है? क्या यह कोई नई चीज़ बता रहा है? अगर वो ऐसा कर भी रहा है तो भी आपको कोई और सस्ता और छोटा तरीक़ा ढूँढ़ने की कोशिश करनी चाहिए।

दोहराओ मत

अगर ज़रूरत ना हो तो किसी भी चीज़ को बार-बार मत दोहराइए। फ़िल्म में किसी भी चीज़ को बार-बार दोहराने से या दर्शाने से दर्शक ऊब जाता है और फिर फिल्म में उसकी दिलचस्पी समाप्त हो जाती है।

इस सन्दर्भ में मुझे मशहूर जापानी फ़िल्म 'रशोमोन' याद आ रही है। इस फ़िल्म में चार लोग एक ही कहानी को चार बार दोहराते हैं लेकिन सबका नज़रिया और वर्णन एक दूसरे से अलग होता है। चारों लोग अपने-अपने नज़रिए से यह कहानी बताते हैं। अंत में एक ही बात तय होती है। हर इंसान का अपना ख़ुद का नज़रिया ही उसके लिए सबसे बड़ा सच है।

वार्तालाप नहीं, सीधे मुद्दे पर आएँ

कैसे हैं आप? ख़ुदा का शुक्र है, आप? सब ख़ैरियत? हाँ भगवान की कृपा है, भाभी और बच्चे कैसे हैं? एकदम बढ़िया, चाय पिएँ? बहुत सुहाना मौसम है ना!

मैंने कई लेखकों को अपनी पटकथा में ऐसे डायलॉग लिखते हुए देखे हैं। ऐसे डायलॉग बेकार हैं। हो सकता है कि असल ज़िंदगी में लोग ऐसे बातें करते हों लेकिन क्या ऐसे लिखने से आपकी कहानी आगे बढ़ रही है? नहीं ना? तो मत लिखिए!

अपने डायलॉग में सीधे मुद्दे पर आइए। आपके किरदार को क्या कहना है? किससे कहना है? जितना हो सके उतना जल्दी मुद्दे पर आइए।

क्षेत्र-विशेष का रंग-ढंग

हमारा देश बहुत विशाल और विविधताओं से भरा है। यहाँ 100 से ज़्यादा भाषाएँ हैं और हर भाषा में कई बोलियाँ हैं। हिंदी में अवधी है, भोजपुरी है। पूर्वी और पश्चिमी यूपी का बात करने का ढंग अलग है। दक्षिण भारत में भी विभिन्न भाषाएँ और बोलियाँ हैं—तमिल, तेलुगु, मलयालम और कन्नड़।

हम जब कोई हिंदी फ़िल्म लिखते हैं तो कई बार उसमें किसी दूसरे क्षेत्र के किरदार होते हैं। जैसे 'विकी डोनर' में एक बंगाली परिवार था और एक पंजाबी। उसमें डॉक्टर चड्ढा भी हैं, जो दिल्ली के पंजाबी हैं। इन सबका हिंदी बोलने का ढंग अलग था और यही अलगपन दर्शकों को पसंद भी आया, लेकिन ऐसा करने के लिए लेखक को बहुत मेहनत करनी पड़ती है। अगर आप किसी दूसरे क्षेत्र के बारे में जानकारी नहीं रखते हैं और आप उसे दिखाना चाहते हैं तो जाहिर है कि आपके ध्यान में वही फ़िल्म होगी जो आपने देखी हो और हो सकता है कि उसमें वो बात सही ढंग से ना बताई गई हो।

इसलिए दूसरे क्षेत्र के किरदार से हिंदी बुलवाना तभी अच्छा होता है, जब आपने ढंग से रिसर्च की हो।

विवाद

अपने सीन को रोमांचक बनाने का एक बहुत ही बढ़िया तरीक़ा है कि उसमें विवाद पैदा कीजिए। जैसे ही विवाद पैदा होगा, बोरियत ग़ायब हो जाएगी। आपको याद होगा, जब '3 इडियट्स' में वीरू सहस्त्रबुद्धि पहली बार सभी छात्रों के सामने आते हैं तो उन्हें वो एस्ट्रोनॉट पेन के बारे में बताते हैं कि कितने लाख डॉलर की रिसर्च करके नासा के वैज्ञानिकों ने स्पेस में इस्तेमाल करने के लिए इस पेन का आविष्कार किया। इसके बाद रैंचो सिर्फ़ एक सवाल करता है 'लेकिन सर, वे लोग पेंसिल का इस्तेमाल क्यों नहीं करते। लाखों डॉलर बच जाते!' किसी के पास इसका जवाब नहीं था लेकिन सबको यह सुनने में मज़ा ज़रूर आया।

डायलॉग किसी भी फ़िल्म के लिए बहुत मायने रखते हैं।

डायलॉग का मक़सद होना चाहिए :

(i) कहानी को आगे बढ़ाना
(ii) अपने दर्शक को कुछ नई जानकारी देना
(iii) अपने किरदार के बारे में कुछ बताना
(iv) किरदारों के बीच में संबंध स्थापित करना
(v) किरदारों के बीच में रंजिश बताना
(vi) आपके किरदार की मानसिक दशा के बारे में बताना

21

छोटी-छोटी बातें

ड्रामेबाज़ी। ड्रामा। यह एक ग्रीक शब्द से आया है जिसका मतलब है 'अमल करना'। 'अमल करना' मतलब एक्ट। ड्रामा मतलब एक्शन! हरकत! कार्य! चार लोग किसी रेस्टोरेंट में बैठे हैं और गप्पें लड़ा रहे हैं। हम इसे ड्रामा नहीं कहेंगे।

किसी भी लेखक के सामने दो सबसे बड़ी चुनौतियाँ होती हैं। पहली, हर सीन का मक़सद है कि वो जितना हो सके उतनी जल्दी ड्रामेबाज़ी से कहानी को आगे ले जाए और दूसरी, यह तय करना कि वो ड्रामेबाज़ी कहाँ और किस लोकेशन पर दिखाई जाए।

आप '3 इडियट्स' का वो सीन याद कीजिए जिसमें चतुर रामालिंगम का भरी महफ़िल में बलात्कार हो चुका है, रैंचो और फ़रहान कॉलेज की टंकी के ऊपर बैठे शराब पी रहे हैं और मज़े ले रहे हैं कि तभी वहाँ चतुर आता है और उन दोनों से लड़ता है। वो रैंचो को चुनौती देता है कि पांच साल बाद यहीं मिलेंगे, देखते हैं कौन ज़्यादा क़ामयाब होता है। फिर वो टूटे हुए शीशे के टुकड़े से टंकी के सीमेंट पर वो तारीख़ लिखता है।

कितनी ड्रामेबाज़ी थी इस सीन में! बहुत ज़्यादा!

देखा जाए तो सीन का वन लाइन क्या था?

चतुर अपने अपमान के बाद टंकी पर आता है, जहाँ रैंचो और फ़रहान पहले से मौजूद है। और चतुर रैंचो को चुनौती देता है कि ठीक पांच साल बाद वे लोग ठीक इसी जगह पर मिलेंगे और देखेंगे कि किसकी सोच सही थी और कौन अपनी ज़िंदगी में ज़्यादा कामयाब होता है।

कितनी ख़ूबसूरती के साथ उस सीन में डायलॉग डाले गए—'तू फिर ग़लत ट्रेन पकड़ रहा है यार!' और कितनी ख़ूबसूरती के साथ चतुर की भड़ास दिखती है, उसकी चुनौती और फिर वो तारीख़ जिस दिन शर्त लगी, वो पत्थर पर उकेर दी जाती है।

यह है एक अच्छा सीन लिखने का तरीक़ा। आस-पास जो चीज़ है, लोकेशन के हिसाब से उसे भी ख़ूबसूरती से सीन में ले आइए। यहाँ शराब की बोतल थी, तो उसके टुकड़े से तारीख़ उकेर दी।

बड़े-बड़े शब्द इस्तेमाल मत कीजिए

कोई भी उपन्यास पढ़ने के लिए होता है जबकि एक फ़िल्म असल में पढ़ने के लिए नहीं बल्कि देखने के लिए होती है। पन्नों पर आपने जो भी लिखा है, वह सिर्फ इसका ब्यौरा है कि यह दृश्य परदे के ऊपर कैसा दिखना चाहिए। इसलिए, आपने चाहे कितनी भी अच्छी पटकथा क्यों ना लिखी हो, सामने वाले को उसे पढ़ने में उतना मज़ा नहीं आएगा, जितना एक उपन्यास या काव्य-संग्रह को पढ़ने में आएगा।

जब भी आप पटकथा लिखें तो ऐसी लिखें, जिसे साधारण से साधारण इंसान भी समझ सके और पढ़ते-पढ़ते वो ख़ुद कल्पना कर सके कि दृश्य में यह कैसा होगा। इसलिए आपकी पटकथा में कैमरे का एंगल, इफ़ेक्ट्स, ज़ूम इन, ज़ूम आउट और ऐसे अन्य फ़िल्मी शब्दों का इस्तेमाल बिल्कुल भी नहीं होना चाहिए। किरदार के चेहरे पर कब ज़ूम करना है, कैमरे का एंगल क्या रहेगा, कब लॉन्ग शॉट लेना है, यह सब डायरेक्टर का काम है, ना कि आपका। आपको सिर्फ़ दो ही चीज़ों पर ध्यान देना है। एक, आपके सीन का एक्शन क्या होगा। कौन क्या कैसे करेगा। दूसरा, आपके सीन के डायलॉग क्या होंगे। बस, और कुछ नहीं!

कई पटकथा लेखक समझते हैं कि अगर हम किसी चीज़ का वर्णन ज़्यादा शब्दों में करेंगे तो पढ़ने वाले पर उसका ज़्यादा असर पड़ेगा। यह सब बकवास है! ऐसा करने से आपका सीन तो बिगड़ेगा ही, जो शख़्स आपकी पटकथा पढ़ रहा है वो भी पक जाएगा।

सूर्यास्त तो सूर्यास्त ही होता है। आपको उसका ज़्यादा वर्णन करने की ज़रूरत नहीं है। अगर आप अपनी पटकथा में लिखेंगे कि सूर्यास्त हो रहा है, ऐसा लग रहा है जैसे धरती ने एक भगवा रंग धारण कर लिया है क्योंकि दूर-दूर तक भगवा रंग दिखाई दे रहा है और ठीक पहाड़ की चोटी पर दो बादल अपना काला रूप लिये ऐसे बैठे हैं जैसे दो काले कुत्ते हड्डी की ताक में हों। बादल से हम टिल्ट डाउन करके हीरो की आँखों के क्लोज-अप पर जाते हैं और हम उसकी नीली-नीली झील-सी आँखों की उदासी पर कैमरा फ़ोकस करते हैं (मैं दावे के साथ कह सकता हूँ कि इस सीन पर दर्शक रो पड़ेंगे)।

हंसिए, मत! मैंने कई लेखकों को ऐसे लिखते हुए देखा है।

क्या होगा? क्या आपको लगता है कि जिस दिन आपकी इस कहानी की शूटिंग हो रही होगी तो ऐसा ही सूर्यास्त मिलेगा? पहाड़ की चोटी पर दो काले बादल मिलेंगे? आपको क्या लगता है कि अगर नहीं मिले तो क्या डायरेक्टर स्पेशल इफ़ेक्ट्स के जरिए पहाड़ की चोटी पर दो काले बादल बनवाएगा? बिल्कुल नहीं! ऐसा कभी नहीं होने वाला। आप सिर्फ़ यह लिखिए कि सूर्यास्त हो

रहा है। उसके बाद डायरेक्टर अपनी सोच के हिसाब से, प्रोडक्शन शेड्यूल के हिसाब से और बजट के हिसाब से जो करना है वो कर लेगा। आप इन सब चीज़ों की फ़िक्र मत कीजिए।

और कैमरा एँगल्स ? जूम ? टिल्ट ? क्या आप अपने डायरेक्टर को उसका काम सिखा रहे हैं ? जैसा मैंने पहले कहा कि कैमरा एँगल्स, कब जूम करना है, कब किसकी आँखें दिखानी हैं और कब किसके आंसू दिखाने हैं, यह सिर्फ़ डायरेक्टर का काम है। आपको सिर्फ़ इतना लिखना है कि सीन कहाँ होता है और उस सीन में क्या और कैसे होता है।

22

पहला ड्राफ़्ट तैयार, अब क्या?

आपने अपनी कहानी का पहला ड्राफ़्ट तैयार कर लिया है। अब क्या? क्या आप मुंबई की ट्रेन पकड़ लेंगे? या आप इस उम्मीद में प्रोडक्शन कंपनियों को मेल करना शुरू कर देंगे कि बहुत जल्दी आपको कॉल आ जाएगा कि हमें आपकी कहानी बहुत पसंद आई, कहिए कॉन्ट्रैक्ट कब करें!

ऐसा कभी नहीं होने वाला!

एक बार जब आपने अपनी कहानी का पहला ड्राफ़्ट ख़त्म कर लिया तो उसे कुछ दिनों के लिए एक ओर रख दीजिए। आप 8-10 दिन तक उसे हाथ भी मत लगाइए। भूल जाइए उसके बारे में और अपने रोज़मर्रा के काम में जुट जाइए। दस दिन की बजाय एक महीना भी हो जाए तो कोई बात नहीं।

फिर जब आप दोबारा उसे हाथ में लें तो दिमाग़ से निकाल दीजिए कि यह कहानी आपने लिखी है। अब उसे पढ़ना शुरू कीजिए।

कहानी लिखना एक प्रक्रिया है। पहले आप उसे लिखते हैं, फिर उसमें कांट-छांट का दौर आता है और उसके बाद आता है उसे तराशने का दौर, जिसे हम कहते हैं 'पॉलिशिंग'।

आप भी कांट-छांट करने के दौर में हैं। आप पूछेंगे कि क्या कभी ऐसा नहीं होता कि किसी लेखक ने एक बार कुछ लिख दिया और वो किसी को पसंद आ गया और उसमें कुछ भी बदलने की नौबत नहीं आई। जवाब है कि पिछले 2000 साल में तो ऐसा कभी नहीं हुआ और आगे भी नहीं होगा। किसी रचनात्मक प्रक्रिया की विशेषता होती है कि उसे बनाने वाला कभी संतुष्ट नहीं होता। अगर वो अपने प्रोडक्ट से बहुत जल्दी संतुष्ट हो जाता है तो समझ लीजिए कि उसने ग़लत व्यवसाय चुना है।

किसी भी, कहानी, कविता या उपन्यास को तराशना पड़ता है। उसमें कई बार संशोधन होते हैं, काँट-छाँट होती है, छोटी-छोटी बातें जोड़ी जाती हैं और कुछ हटाया जाता है।

जब आप 15-20 दिन के बाद अपनी कहानी पढ़ेंगे तो आपको ख़ुद ब ख़ुद अंदाज़ा हो जाएगा कि 'यार इस सीन की यहाँ कोई ज़रूरत नहीं है। यह बात तो मैं पिछले सीन में भी बता सकता हूँ।' यह एक प्रक्रिया है, एक तरीक़ा है। इससे कोई भी लेखक नहीं बच सकता। आपको भी यह अपनाना पड़ेगा।

जब आप अपनी कहानी का पहला ड्राफ़्ट लिख रहे होंगे तो आप उसमें डूब जाएँगे। आप अपने फ़ॉर्मूले से चल रहे होंगे। पहले सेट-अप, फिर रंजिश और फिर अंत! जब आप अपनी कहानी दूसरी बार पढ़ेंगे तो आपको एक स्पष्ट अंदाज़ा हो जाएगा कि यह सेट-अप ऐसा हो सकता है, रंजिश ऐसे स्थापित कर सकता हूँ। कोई बात नहीं! संशोधित करें! दूसरी बार लिखना शुरू करें। सबको करना पड़ता है।

जब एक बार आप कांट-छांट कर लेंगे तो उसके बाद फिर से उसे पढ़िए। आपको लग जाएगा कि 'ठीक जा रहा है' या लगेगा कि 'यह तो एकदम बिगड़ गई'। ये क्षण हर लेखक की ज़िंदगी में आते हैं। जब ऐसा लगे तो हताश होने की ज़रूरत नहीं है। उसे फिर से कुछ दिनों के लिए एक तरफ़ रख दीजिए और बाद में उसे एक बार फिर पढ़िए।

ऐसा करते-करते एक दिन आपको ख़ुद महसूस हो जाएगा कि 'यार कहानी ठीक जा रही है'।

अपनी कहानी किसी को सुनाने की जल्दी मत कीजिए।

जब आप ख़ुद संतुष्ट हो जाएँ और आपको लगे कि कहानी ठीक-ठाक लग रही है, तभी उसे किसी के सामने प्रस्तुत कीजिए।

आरम्भिक श्रेताओं में आपके करीबी रिश्तेदार और मित्र हो सकते हैं।

करीबी ही क्यों? क्योंकि आपके क़रीबी ही आपके शुभचिंतक होंगे और आपको सच-सच बताएँगे। आप किसी ऐसे व्यक्ति को आमंत्रित मत कीजिए, जिसे आपको सिर्फ़ 'दिखाना है' कि मैं भी कहानी लिख सकता हूँ। उसे परदे पर ही देखने दीजिए। अपने क़रीबियों को बुलाइए और उन्हें साफ़-साफ़ कहिए कि मैंने एक फ़िल्म की कहानी लिखी है, जिसे मैं आपको सुनाने जा रहा हूँ। जब आप सुन लेंगे तो उसके बाद हम उस पर विस्तार से चर्चा करेंगे।

अगर संभव हो तो अलग-अलग मिजाज़ और अलग-अलग उम्र के लोगों को शामिल कीजिए। आपकी दादी, आपका भतीजा, आपके भतीजे की दोस्त, आपकी भाभी वगैरह। इससे आपको हर उम्र के लोगों की पसंद का अंदाज़ा हो जाएगा।

एक और बात ध्यान रखें! जिन्हें भी आप बुलाएँ, उन्हें फ़िल्म देखने का शौक ज़रूर होना चाहिए। आपके संस्कृत के प्रोफ़ेसर, जिन्होंने 'मुग़ल-ए-आज़म' के बाद कोई फ़िल्म ही नहीं देखी, उन्हें बुलाने का कोई फ़ायदा नहीं है। अगर आप किसी ऐसे व्यक्ति को जानते हैं, जो हर हफ़्ते दो फ़िल्में देखता हो, तो बेशक उसे

आमंत्रित कीजिए क्योंकि एक अच्छी कहानी का अंदाज़ा उससे बेहतर किसी के पास नहीं होगा।

दोस्तों और रिश्तेदारों को बुलाकर कहानी सुनाने का एक और फ़ायदा है। आपकी अच्छी प्रैक्टिस हो जाएगी क्योंकि जब आप अपनी कहानी लेकर मुंबई जाएँगे और किसी से मिलेंगे, तो ज़्यादातर लोग आपसे उसका सार सुनना चाहेंगे। आपको अपनी कहानी पढ़कर सुनानी होगी। कहानी सुनाना एक बड़ी कला है, जो अनुभव से ही आती है। कभी आवाज़ ऊँची करनी होती है तो कभी नीची। कब, कौन-सा सीन कैसे बताना है, यह भी एक अच्छे लेखक को जानना बहुत ज़रूरी है।

जब आप अपनी कहानी दोस्तों और रिश्तेदारों को सुना लें तो उनकी राय पूछिए। अगर वे किसी विषय पर आपत्ति उठाते हैं तो उनसे बहस मत कीजिए। बहुत से लेखक यह ग़लती करते हैं, जिसकी वजह से एक अच्छा-भला सेशन झगड़े में बर्बाद हो जाता है। उनकी बात सुनिए। सामने वाला क्या कहना चाहता है। सुनने से आपका कोई नुकसान नहीं होगा। आनेवाले सुझावों पर अमल करना आपके हाथ में है।

तो आपको अब फ़ीडबैक भी मिल गया। लिख लीजिए। अगर आपके दोस्त ने कहा कि आपका हीरो कमज़ोर लग रहा है, उसकी हीरोगीरी दिख नहीं रही है, तो यह बात नोट कर लीजिए। अगर आपकी भाभी ने कहा कि हीरोइन ऐसे हालात में ऐसा नहीं करेगी, तो नोट कीजिए। और अगर आपकी साली ने कहा कि बहुत बढ़िया कहानी लिखी है तो बेझिझक उसकी बात मान लीजिए।

ये सारे प्वॉइंट नोट करने के बाद, इन प्वॉइंट पर गौर कीजिए। सोचिए! क्या भाभी ने ठीक कहा है? क्या हीरो वाक़ई कमज़ोर लग रहा है? एक बार जब आप उनके बताए गए किसी भी प्वॉइंट से सहमत हो जाते हैं तो उसके बाद उसे अपनी कहानी में कैसे डालेंगे और अपनी कहानी को कैसे सुधारेंगे, यह सोचना शुरू कर दीजिए। हो सके तो जो आपने अपने अहम सीन लिखे हैं, उनके एक या दो और वैकल्पिक सीन सोचिए और वहाँ लिखिए। फिर ध्यान से देखिए कि कौन-सा सीन बेहतर है। उसे रखिए। ऐसा करते-करते आपकी कहानी का दूसरा ड्राफ़्ट तैयार हो जाएगा।

अब दूसरा ड्राफ़्ट तैयार हो गया है, लेकिन अभी थोड़ा काम और बाक़ी है। हो सकता है कि इस काम में थोड़ा खर्च भी हो जाए। अब आपको अपनी कहानी पर किसी की पेशेवर राय लेनी चाहिए। किसी ऐसे व्यक्ति से जो फ़िल्म इंडस्ट्री से हो और जो कहानी लेखन के बारे में जानता हो। ऐसा व्यक्ति ही आपकी कहानी पर पेशेवर राय दे सकता है।

कोई भी व्यक्ति आपसे यह नहीं कह सकता कि यह कहानी नहीं बिकेगी या यह कहानी नहीं चलेगी या ऐसी कहानी इंडिया में नहीं चलती। ऐसा कहने वाले लोग

भी आपको मिलेंगे लेकिन आपको उनकी बातों पर ध्यान नहीं देना है। अगर आप ऐसे किसी व्यक्ति का ट्रैक रिकॉर्ड देखेंगे तो हो सकता है कि उसने दो-चार फ़िल्में बनाई हों, जिनमें से एक-आध हिट भी हो गई हो लेकिन ऐसे व्यक्ति की ज़्यादातर फ़िल्में फ़्लॉप ही होती हैं। चूँकि ऐसे व्यक्ति फ़िल्म इंडस्ट्री में सालों से हैं तो वे आपको बताएँगे कि क्या चलेगा और क्या नहीं। अगर वे इतने ही विशेषज्ञ होते तो फिर उनकी सारी फ़िल्में हिट ना हुई होतीं! इसलिए अपनी कहानी किसी प्रोफ़ेशनल स्क्रिप्ट कंसलटेंट को दिखाइए, जो आपकी कहानी का बारीकी से विश्लेषण करे, उसमें नज़र आने वाली कमियों की लिस्ट आपको दे, जो आपको यह भी बताए कि आपकी कहानी में क्या अच्छा लग रहा है, उसे और अच्छा कैसे बनाया जाए। यहाँ भी वही नियम लागू होता है, उसकी बताई बातों पर अमल करना या ना करना आपके हाथों में है।

स्क्रिप्ट कंसलटेंट हिंदी फ़िल्म इंडस्ट्री का एक नया प्राणी है, जो आजकल बहुत ही महत्त्वपूर्ण भूमिका निभा रहा है। नए दौर में फ़िल्म जगत में बड़े-बड़े प्रोडक्शन हाउस आ गए हैं और उनके काम करने का तरीक़ा बेहद प्रोफ़ेशनल है। उनके यहाँ एक स्टोरी डिपार्टमेंट होता है, जिसका काम ही कहानियाँ छाँटना होता है। फिर वे लोग प्रोडक्शन टीम के साथ विचार-विमर्श करते हैं कि क्या यह कहानी फ़िल्म बनाने लायक है। अगर फ़िल्म बनाएँ तो कितने बजट में बैठेगी, इसमें हीरो कौन होगा। वगैरह-वगैरह। जब यह सब तय हो जाता है तो वे लोग उस कहानी के लेखक के साथ क़रार कर लेते हैं। कई बार वे लोग पूरी कहानी खरीद लेते हैं और कई बार एक टोकन राशि देकर लेखक से 6-12 महीने का समय ले लेते हैं। अगर इस समय में उन्होंने उस कहानी पर फ़िल्म बनाने का फ़ैसला कर लिया तो फिर वे पक्का क़रार कर लेते हैं।

ऐसा करने के बाद भी वे लोग प्रोफ़ेशनल राय जानने के लिए उस कहानी को हम जैसे स्क्रिप्ट कंसलटेंट के पास भेजते हैं। ऐसा करने में उन्हें जो खर्चा आएगा वो फ़िल्म शूट करके नुकसान करने के 0.0001% से भी कम होगा।

मैं यहाँ यह भी स्पष्ट कर दूँ कि कौन-सी फ़िल्म चलेगी और कौन-सी नहीं चलेगी, इसका कोई पैमाना नहीं है। यह बात कोई नहीं बता सकता।

तो आप अपने दूसरे ड्राफ़्ट का क्या करेंगे ? उसे किसी स्क्रिप्ट कंसलटेंट को दिखाइए। उनसे उनकी राय जानिए। वो जो भी राय दें, उसे पढ़िए, उस पर गौर कीजिए, सोचिए! याद रखिए, उस पर अमल करना ना करना आपके हाथ में है।

अब आपका दूसरा ड्राफ़्ट भी तैयार है, आपने उसे तराश भी लिया है और आप काफ़ी हद तक आश्वस्त हो चुके हैं कि आपके पास एक अच्छा विषय है और एक अच्छा प्रोडक्ट है। अब आप मुम्बई का रुख कर सकते हैं।

23

कहानी कैसे बेचें?

मुंबई के बारे में कहा जाता है कि ये शहर हर किसी को रास नहीं आता। यह भी कहा जाता है कि जो इंसान मुंबई में कुछ नहीं कर पाया, वो दुनिया के किसी भी कोने में कुछ नहीं कर पाएगा।

यह बिल्कुल सच है! मुंबई पहले आपको परखेगी, आपकी परीक्षा लेगी और फिर जब आप उस परीक्षा में खरे उतर जाएँगे तो आपका साथ देगी। कहते हैं कि जब यह किसी को कुछ देती है, तो छप्पर फाड़कर देती है।

मुंबई में अपना एक मुकाम बनाना हर किसी के बस की बात नहीं है। ख़ून के आंसू रोने पड़ते हैं, ज़लील होना पड़ता है। अपने अहंकार को एक तरफ़ रख देना पड़ता है, क्योंकि मुंबई ऐसा शहर है, जिसने अच्छे-अच्छों का गुरूर तोड़ दिया है और उन्हें एहसास कराया है कि वे कुछ भी नहीं हैं।

मैंने ये सब जो कहा है वो आम लोगों के लिए कहा है, फ़िल्म वालों के लिए नहीं। फ़िल्म लाइन में आने वालों को इससे कम से कम पांच गुणा ज़्यादा सहन करने की क्षमता होनी चाहिए।

अनुमान है कि फ़िल्म नगरी में क़ामयाब होने का सपना लिये मुंबई में रोज़ दो हज़ार नए लोग आते हैं और रोज़ 1500 हताश, निराश होकर वापस अपने घर लौट जाते हैं।

चूँकि आप लेखक बनने के लिए मुंबई आए हैं, इसलिए आपका काम थोड़ा आसान है।

सबसे पहले अपनी कहानी को रजिस्टर कराइए। आपके पास यह सबूत होना बहुत ज़रूरी है कि यह कहानी वाक़ई आपकी है।

अँधेरी वेस्ट में फ़िल्म राइटर्स एसोसिएशन (F.W.A) है, जहाँ आप अपनी कहानी रजिस्टर करा सकते हैं। उसके लिए कुछ औपचारिकताएँ पूरी करनी पड़ती हैं।

एफडब्ल्यूए में तीन तरह की मेंबरशिप होती है। एक, फ़ेलो मेंबर; दो, एसोसिएट मेंबर और तीन, रेगुलर मेंबर।

अगर आपने अभी तक कुछ नहीं लिखा, आपका कोई लेख या कविता कहीं नहीं छपी है, तो आपको सबसे पहले फ़ेलो मेंबर बनना पड़ेगा। एक बार जब आप फ़ेलो मेंबर बन गए तो आप अपनी लिखी हुई कहानी को रजिस्टर करा सकते हैं। कहानी का प्रारूप क्या होना चाहिए, यह सब आपको एफडब्ल्यूए की वेबसाइट से पता चल जाएगा। मेंबर होने का सबसे बड़ा फ़ायदा यह होगा कि आपकी कहानी रजिस्टर हो जाएगी और एक हद तक सुरक्षित भी हो जाएगी। इस बारे में नियम-क़ायदे आपको एफडब्ल्यूए की वेबसाइट www.fwa.in पर मिल जाएँगे। अगर आप कुछ जानना चाहते हैं, तो दो बजे से पहले उनके ऑफ़िस में फ़ोन करके बात कर सकते हैं। दो बजे से पहले इसलिए क्योंकि दो बजे से रजिस्ट्रेशन की प्रक्रिया शुरू हो जाती है और फिर उनके पास आपको ठीक से समझाने का वक़्त नहीं होता।

एक बात का ध्यान रखें कि आप जो भी लिख रहे हैं वह मौलिक यानी ऑरिज़नल होना चाहिए। अगर आपने अपनी कहानी किसी अंग्रेज़ी या अन्य भाषा की फ़िल्म से प्रेरित होकर लिखी है और किसी दूसरे ने उसी विषय पर फ़िल्म बना दी और आपने यह बात एफडब्ल्यूए की विवाद समिति (डिस्प्यूट कमेटी) के सामने रखी तो सबसे पहले आपसे यही पूछा जाएगा कि 'क्या यह आपकी ऑरिजनल कहानी है'। अगर सामने वाले ने साबित कर दिया कि नहीं, तो आपका मामला वहीं रफ़ा-दफ़ा हो जाएगा। इसलिए हमेशा मौलिक लिखने की कोशिश कीजिए। अगर किसी फ़िल्म से प्रेरित होकर लिखा है तो यह सोचकर चलिए कि आप जैसे और भी बहुत सारे लोग हैं, जो इसी कहानी से प्रेरित हो सकते हैं।

प्रेरित होना हमारी फ़िल्म इंडस्ट्री का कहानी लिखने का सबसे आसान और सस्ता तरीक़ा है। जब आप 350/-रुपए खर्च करके एक बढ़िया अंग्रेजी फ़िल्म की डीवीडी ख़रीद सकते हैं और उस कहानी को तोड़-मरोड़कर एक हिंदी फ़िल्म की स्क्रिप्ट लिख सकते हैं तो फिर कुछ अलग सोचने की ज़हमत कौन उठाएगा। पायरेटेड डीवीडी में तो 50 रुपए में 4 फ़िल्में आ जाती हैं।

कई प्रोडक्शन हाउस में तो बाक़ायदा ऐसे प्रेरणा डिपार्टमेंट हैं, जिनका काम ही दूसरी भाषाओं की डीवीडी देखना और उनसे प्रेरित होकर कहानियाँ लिखना है। कुछ प्रोडक्शन हाउस तो पुरानी हिंदी फ़िल्मों को ही जोड़-तोड़कर फ़िल्में बनाने में माहिर हैं। इसे फ़िल्मी भाषा में 'तोड़ना' कहते हैं। फ़लाँ पिक्चर को तोड़कर उन्होंने एक बढ़िया फ़िल्म बना दी! ऑरिजिनल लिखिए!

कहानी रजिस्टर कराने के बाद उचित व्यक्ति से मिलना जरूरी है।

फ़िल्म लाइन में अगर आप सही वक़्त पर सही चीज़ के साथ सही आदमी से नहीं मिले तो आपका कुछ नहीं होने वाला।

सही वक़्त और सही आदमी आपके हाथ में नहीं हैं लेकिन सही चीज़ ज़रूर

आपके हाथ में है। सही चीज़ से मेरा मतलब एक अच्छी, ऑरिजिनल और फ्रेश सोच वाली कहानी! ऐसी कहानी जो किसी ने भी ना सोची हो।

कहानी का स्टैंडर्ड या उसका लेवल क्या होगा यह आपकी बैकग्राउंड पर निर्भर करता है। आप कहाँ से हैं, आपका अनुभव कैसा है, आपने कितनी दुनिया देखी है और उस दुनिया से आपने क्या सीखा है। फ़िल्म इंडस्ट्री में किसी लेखक की औसत उम्र 35-40 साल होती है। क्यों? क्योंकि जिसे अनुभव नहीं है, वो क्या लिखेगा? जिसने दुनिया ना देखी हो, वो क्या लिखेगा? बहुत कम ऐसे ख़ुशनसीब होते हैं, जिन्हें ज़्यादा संघर्ष नहीं करना पड़ता और जल्दी ही क़ामयाब हो जाते हैं। ऐसे लोगों के लिए अपनी सफलता को क़ायम रखना एक बड़ी चुनौती होती है। उनकी दूसरी कहानी भी उतनी ही दिलचस्प होनी चाहिए, जितनी पहली थी, जिससे उन्हें शोहरत मिली थी।

जाने-माने प्रोड्यूसर-डायरेक्टर अनुराग कश्यप से कुछ साल पहले दो लड़के आकर मिले। उन्होंने अनुराग जी से कहा 'सर, हमारे पास एक मज़ेदार विषय पर बहुत ही ज़बरदस्त कहानी है।' अनुराग जी ने उन लड़कों में कुछ देखा और उनकी कहानी सुनी। उन्हें कहानी दिलचस्प लगी। उन्होंने उनके साथ मिलकर कहानी को और तराशा और वो कहानी परदे पर एक नहीं बल्कि दो भागों में आई। उस कहानी का नाम है 'गैंग्स ऑफ़ वासेपुर'। लिखने वाले का नाम है ज़ीशान क़ादरी! उसके पास सही चीज़ थी। उसके पास धनबाद के कोयला माफ़िया की एक ज़बरदस्त कहानी थी। अब तक ऐसी कहानी ना किसी ने सुनी थी और ना बनाई थी। वह उसी इलाक़े का रहने वाला है और फ़िल्म में जो कुछ दिखाया गया है, उसे वो बचपन से देखता आया था। उसने अपनी कल्पनाशीलता से काम लिया और लिख दी एक अच्छी कहानी! ज़ीशान ने सिर्फ़ कहानी लिखी है, कहानी की पटकथा कुल पांच लोगों ने मिलकर लिखी। उनके नाम हैं—ऋत्विक ओझा, अनुराग कश्यप, ज़ीशान क़ादरी, सचिन के. लाडिया और अखिलेश जायसवाल।

खैर, कहानी को रजिस्टर कराने के बाद आपको उचित व्यक्ति से मिलना पड़ेगा। इस सिलसिले में आपको किसी प्रोडक्शन हाउस भी जाना पड़ सकता है। फ़िल्म इंडस्ट्री के सारे प्रोडक्शन हाउस बड़ी बेसब्री से किसी ज़बदस्त प्रोजेक्ट की खोज में हैं।

प्रोजेक्ट?

हाँ, फ़िल्मों को यहाँ ज़्यादातर लोग प्रोजेक्ट ही मानते हैं। जैसे किसी बिल्डिंग का प्रोजेक्ट, लेकिन ये लोग एक बहुत बड़ी ग़लती करते हैं। अगर आपको एक बिल्डिंग का प्रोजेक्ट शुरू करना है, तो सबसे पहले आप क्या करेंगे? कोई अच्छी ज़मीन देखेंगे ना! बिल्कुल! अगर ज़मीन ही नहीं है तो बिल्डिंग कहाँ बनाएँगे? तो भाई, अगर आपको एक अच्छी फ़िल्म बनानी है तो क्या आपको अच्छी कहानी

नहीं चाहिए? बिल्कुल चाहिए! अगर आपको कोई अच्छी ज़मीन मिल जाती है, तो क्या आप उसके लिए अच्छी क़ीमत देने को राज़ी नहीं हो जाते? लेकिन कहानी का मामला जमीन से थोड़ा अलग पड़ता है। जरूरी होने के बावजूद अच्छी कहानी के लिए पैसा पा लेना थोड़ा टेढ़ा काम है। यह फ़िल्म इंडस्ट्री की सबसे बड़ी ख़ामी है। लेखकों के बीच एक मज़ाक प्रचलित है 'एक राइटर को कितना भी पैसा दे दो, वो हीरोइन के कपड़ों के बजट से कम ही रहेगा!' यह काफ़ी हद तक सच है।

प्रोडक्शन हाउस दो तरह के होते हैं। एक, जहाँ आप चले जाएँ और कहें कि अक्षय कुमार मेरा दोस्त है और वो मेरी फ़िल्म करेगा, ये देखिए उसका लेटर या उससे फ़ोन पर पूछ लीजिए। अगले साल में उसने मुझे 45 दिन दिए हुए हैं। बस, इससे ज़्यादा कुछ भी नहीं देखना उनको। एक बार यह तय हो गया कि अक्षय कुमार आपकी फ़िल्म करेंगे तो फिर उन्हें ना आपकी कहानी में दिलचस्पी है और ना बाक़ी अदाकारों में! उनका अगला सवाल यही होगा कि 'कितने में बना दोगे फ़िल्म' आपने कहा कि 70 करोड़ में तो वे लोग कहेंगे 'ले जाओ!' जी हाँ! अगर आपके पास कोई बिकाऊ हीरो है तो कुछ प्रोडक्शन हाउस में इतनी आसानी से बात बन जाती है। ऐसे प्रोडक्शन हाउस यह सोचकर प्रोजेक्ट को ग्रीन सिग्नल दे देते हैं कि अगर अक्षय कुमार को कहानी पसंद आई है और वो इसे करने को तैयार है, तो हमें क्या पड़ी है! अक्षय कुमार थोड़े ही कोई बेकार प्रोजेक्ट चुनेंगे! यह प्रोडक्शन हाउस की सोच होती है। उन्हें यह भी अंदाज़ा हो जाता है कि 70 करोड़ में बनेगी तो कम से कम 90 करोड़ में तो बिक ही जाएगी। फिर म्यूज़िक, डीवीडी और सेटेलाइट राइट्स से होने वाली कमाई अलग से। कम से कम 30-40 करोड़ का मुनाफ़ा तो है ही! और चल गई तो चाँदी ही चाँदी! जी हाँ! यह हिसाब सिर्फ़ अक्षय कुमार की फ़िल्म बनाकर बेचने का है, फ़िल्म के हिट होने का नहीं। ऐसा धंधा है ये!

क्या आप अक्षय कुमार, आमिर ख़ान, शाहरुख़ ख़ान या सलमान के दोस्त हैं? नहीं? तो ऐसे प्रोडक्शन हाउस की जाकर अपना वक़्त बर्बाद न करें।

पिछले साल की बात है। मेरे बहुत ही अज़ीज़ और पसंदीदा इंसान और डायरेक्टर की जोड़ी है अब्बास-मस्तान बंधु। इन्होंने बहुत ही हिट फ़िल्में दी हैं— 'खिलाड़ी', 'बाज़ीगर', 'एतराज़', 'सोल्जर', 'रेस' वगैरह। आप सभी इनसे बख़ूबी परिचित हैं। दोनों बहुत ही सरल स्वभाव के इंसान हैं और बहुत ही सच्चे और साफ़ दिल वाले हैं। फ़िल्म इंडस्ट्री में उनके जैसे लोग बेहद कम हैं। मैं उनकी बड़ी इज़्ज़त करता हूँ। सच तो ये है कि जब मेरे मन में पहली बार लेखक बनने की इच्छा जगी थी तभी से मैं सोचता था कि इनके लिए एक फ़िल्म ज़रूर लिखूंगा। यह मेरा मुंबई आने से पहले का सपना था।

मेरी उनसे मुलाक़ात भी हो गई और उन्हें मेरी लिखी कई कहानियाँ पसंद भी आ गईं लेकिन किसी ना किसी वजह से हम साथ में काम नहीं कर सके। फिर 2011

में उन्हें मेरी एक कहानी पसंद आई और मैंने उस पर काम करना शुरू कर दिया। एक के बाद एक ऐसे चार ड्राफ़्ट लिखे और वे संतुष्ट भी हो गए। अब्बास-मस्तान बंधु तो डायेक्टर हैं, प्रोड्यूसर नहीं! उनके साथ काम करने के लिए बहुत से प्रोड्यूसर बेताब रहते हैं और उन्हें कहते रहते हैं कि हमारे साथ काम कीजिए, हमारे साथ काम कीजिए। ख़ैर, ऐसी ही एक प्रोडक्शन कंपनी थी, जहाँ उन्होंने मेरा परिचय कराया और उन्हें कहानी सुनाने को कहा। मैंने कहानी सुना दी, उन्हें पसंद भी आई और उन्होंने तय कर दिया कि वे मेरी कहानी को लेकर फ़िल्म बनाएँगे।

मैंने कम्पनी से बात छेड़ी कि 'साब अगर आपको कहानी पसंद आ गई है और आप अपने बैनर के तले इस पर फ़िल्म बनाना चाहते हैं तो कॉन्ट्रेक्ट कर लें!' उन्होंने जो जवाब मुझे दिया, वो रोज़ मेरे दिमाग़ में घूमता रहता है। उन्होंने मुझसे कहा 'ज़रूर कर लेंगे विपुल भाई, लेकिन एक बार हीरो तय हो जाए। जैसे ही हीरो तय हो जाएगा, हम आपके साथ कॉन्ट्रेक्ट की औपचारिकताएँ भी पूरी कर लेंगे।'

क्या ऐसे लोगों के साथ काम करना ठीक बात होगी? बिल्कुल नहीं! जो लोग कहानी से ज़्यादा महत्त्व हीरो को देते हैं, उनके साथ आपको बिल्कुल काम नहीं करना चाहिए।

उस कहानी को एक अच्छे प्रोडक्शन हाउस को बेचने में मुझे 48 घंटे लगे। उन्हें कहानी पसंद आ गई और 4 दिनों के अंदर कॉन्ट्रेक्ट और एडवांस पेमेंट वगैरह की सारी औपचारिकताएँ पूरी कर दीं। अगर सब कुछ ठीक-ठाक रहा तो वो फ़िल्म अगले साल रिलीज हो जाएगी और आप उसे परदे पर देख सकेंगे। उस प्रोडक्शन हाउस का नाम है 'जॉन अब्राहम एंटरटेनमेंट'। जाने-माने अभिनेता जॉन अब्राहम की इस कंपनी ने 'विकी डोनर' और 'मद्रास कैफ़े' जैसी दो धांसू कहानियों पर फ़िल्में बनाई हैं।

आइए, ऐसे प्रोडक्शन हाउस के बारे में कुछ बात कर लेते हैं क्योंकि अगर आपको अपनी कहानी को बड़े परदे पर साकार होते हुए देखने की ज़रा सी भी उम्मीद है, तो आपको ऐसे प्रोडक्शन हाउस की ज़रूरत पड़ने वाली है (गौर कीजिए मैं 'इस प्रोडक्शन हाउस' नहीं कह रहा हूँ, बल्कि 'ऐसे प्रोडक्शन हाउस' कह रहा हूँ)। मुंबई में ऐसे कई प्रोडक्शन हाउस हैं, जहाँ प्रोफ़ेशनल और समझदार लोग हैं, जो कहानी को अहमियत देते हैं। ये लोग अपना वक़्त और पैसा दोनों कहानियों पर खर्च करते हैं। अगर कहानी अच्छी है तो ज़रूर कोई ना कोई अच्छा हीरो आपकी फ़िल्म करने को तैयार हो जाएगा। आपको ऐसे प्रोडक्शन हाउस से ही संपर्क करना है।

लेकिन बगैर अपॉइन्टमेंट लिये किसी के भी ऑफ़िस में न जाएँ। हो सकता है कि जब आप जाएँ, तो वे सब लोग मीटिंग में हों या हो सकता है कि कोई ऑफ़िस में हो ही ना या यह भी हो सकता है कि वो आपसे मिलना ही ना चाहें। कुछ भी हो सकता है। इसलिए कभी भी बिना अपॉइन्टमेंट लिये किसी भी ऑफ़िस में मत जाइए।

'फ़िल्म इंडिया डायरेक्टरी' नाम की एक फ़िल्म डायरेक्टरी आती है, जिसमें सभी प्रोडक्शन हाउसों के पते और फ़ोन नंबर हैं। अधिकांश प्रोडक्शन हाउस की वेबसाइट भी हैं, जहाँ उनसे संपर्क करने का पता लिखा होता है।

सबसे पहले आप पिछले पांच सालों की उन अच्छी फ़िल्मों की लिस्ट बनाइए, जो आपको पसंद आई हों। फ़िल्म चली या नहीं, इस पर ध्यान मत दीजिए। वे फ़िल्में किन्होंने बनाईं, उनके प्रोड्यूसर और डायरेक्टर कौन थे, यह सब नोट कर लीजिए। नोट करने वाली सबसे अहम चीज़ है कि डायरेक्टर के असिस्टेंट का नाम क्या है। उन असिस्टेंट का नाम अलग से नोट कीजिए और उनके नाम के सामने यह भी लिखिए कि वो किस फ़िल्म में किसके असिस्टेंट थे।

जब आप ऐसे प्रोडक्शन हाउस की लिस्ट बना लें तो उनमें से बड़े-बड़े नाम काट दीजिए। बड़े से मेरा मतलब उन नामों से है, जिनका नाम आपने सुना हो या आपको मालूम हो कि ये तो बहुत ही बड़ी कंपनी है। ऐसे नाम काट दीजिए। बाद में तो उनसे मिलना ही है, लेकिन अभी नहीं।

अब एक सिरे से उनको फ़ोन लगाना शुरू कीजिए। जो भी फ़ोन उठाए, उन्हें अपना परिचय दीजिए और कहिए कि आप एक राइटर हैं और क्या वो आपको बता सकते हैं कि उनकी कंपनी में स्क्रिप्ट जमा करने को लेकर क्या पॉलिसी है।

हर प्रोडक्शन हाउस में स्क्रिप्ट को लेकर कोई ना कोई पॉलिसी ज़रूर होती है। कोई कहेगा कि 'मेल कर दो' कोई कहेगा कि 'हमारे ऑफ़िस के रजिस्टर्ड पते पर भेज दो' कोई कहेगा कि 'हमें संक्षेप में उसका वन लाइनर भेज दो, अगर पसंद आई तो हम आपको कॉल कर लेंगे।'

जिस कंपनी की जो भी पॉलिसी हो, उसे फ़ॉलो कीजिए और इसके अलावा अपनी फ़िल्म का एक सार-संक्षेप तैयार कीजिए। पहले फ़ोन पर बात कीजिए और पता लगाइए कि इस कंपनी में स्क्रिप्ट के इंचार्ज कौन हैं। उनसे बात करने की कोशिश कीजिए, अगर बात नहीं हो पाती है तो उनका ई-मेल आईडी और संपर्क करने का ब्योरा हासिल करने की कोशिश कीजिए। उन्हें मेल कीजिए या एसएमएस कीजिए। अपना परिचय दीजिए और उनसे पूछिए कि क्या आप उनसे मिल सकते हैं। उनसे मुलाक़ात होने के 50-50 चांस हैं। तुरंत नहीं तो कुछ समय बाद। अगर वो आपसे कहें कि मैं 15 दिनों तक किसी काम में बिज़ी हूँ, अगले महीने फ़ोन करना। इसे नोट कर लीजिए और अगले महीने फ़ोन कीजिए। एक बार बात हो जाए, तो संपर्क बनाए रखिए।

एक ग़लती कभी न करें। किसी ने अगर आपके साथ एक बार अच्छे से बात कर ली और आपको उसका फ़ोन नंबर मिल गया, तो उसे अपने एसएमएस जोक्स, मुहावरे और कहावतें भेजना शुरू मत कर दें। आपको एक अनुशासित पेशेवर की तरह व्यवहार करना चाहिए।

मैंने आपको बताया कि असिस्टेंट के नाम नोट कर लीजिए। क्यों? हर क़ामयाब डायरेक्टर के कम से कम 8-10 असिस्टेंट होते हैं। जिनमें से आधे किसी बड़े स्टार के भांजे या भतीजे होते हैं या फ़िल्म इंडस्ट्री के किसी पुराने आदमी के रिश्तेदार होते हैं। रणबीर कपूर और सोनम कपूर संजय लीला भंसाली के और करण जौहर आदित्य चोपड़ा के असिस्टेंट रह चुके हैं। ख़ैर, अगर आपको पता है कि यह असिस्टेंट किसी फ़िल्मी खानदान से है, तो उससे बचिए, क्योंकि उन्हें हर रोज़ कोई ना कोई घेर लेता है और कोई ना कोई स्कीम देता रहता है और वे इन सब चीज़ों से पक चुके होते हैं। जो बाक़ी हैं, उन्हें फ़ेसबुक पर ढूँढ़िए और पता कीजिए कि क्या वो वही हैं जो फलाँ फ़िल्म में असिस्टेंट डायरेक्टर थे। जब कन्फ़र्म हो जाए तो उन्हें फ़ेसबुक पर एक मैसेज भेजिए कि आपका नाम ये है और आप एक लेखक हैं। क्या वो आपकी स्क्रिप्ट सुनना चाहेंगे। हो सकता है कि वो सुनने के लिए राज़ी हो जाएँ और अगर उन्हें पसंद आ जाए तो वे अपने बॉस से आपको मिलवा भी दें। यह भी एक तरीक़ा है।

एक वेबसाइट है—www.mandy.com. इस वेबसाइट पर सिर्फ़ टीवी और फ़िल्मों से जुड़ी नौकरियों की ख़बरें होती हैं। जैसे अपने यहाँ नौकरी डॉट कॉम। www.mandy.com पर अपना सीवी अपडेट कीजिए और अपने लिए अलर्ट का भी ध्यान रखिए। भारत में जिस भी प्रोडक्शन कंपनी ने स्क्रिप्ट राइटर की जॉब का विज्ञापन दिया होता है, ई-मेल में वो आपको दिख जाएगा। आप उन्हें जवाब भेज सकते हैं। मुझे ख़ुद इस वेबसाइट से काफ़ी फ़ायदा मिला है।

आपने गौर किया होगा कि फ़िल्मों में जो भी राइटर या डायरेक्टर के किरदार दिखाए जाते हैं, उनमें से ज़्यादातर की दाढ़ी होती है और बाल लंबे होते हैं। वे बड़ा सा हैट या काला चश्मा लगाए होते हैं। कभी सोचा है ऐसा क्यों? ऐसा इसलिए है क्योंकि बाहर एक छाप है कि लेखक लोग ऐसे दिखते हैं। लेखकों के बाल लंबे होते हैं, उनकी दाढ़ी होती है और वे अक्सर कुर्ता-पायजामा पहनते हैं।

पिछले साल हमारी राइटर्स यूनियन के चुनाव थे। मैं भी वहाँ गया था। चुनाव से पहले वार्षिक आम बैठक होती है, जिसमें वार्षिक रिपोर्ट पढ़ते हैं कि इस दौरान उन्होंने क्या-क्या किया। यह एक औपचारिकता है, जो यूनियन को करनी पड़ती है। मुझे यह सब सुनने में कोई दिलचस्पी नहीं थी, सो मैंने अपने लेखक बंधुओं के कपड़ों पर गौर करना शुरू किया। मैंने नोट किया कि किसने क्या पहना है। मेरा यक़ीन मानिए, लगभग 60% लेखकों ने पेंट-शर्ट (महिलाओं ने साड़ी या सलवार-कमीज़) पहनी हुई थी और लगभग 35% ने जींस और टी-शर्ट पहनी थी। बमुश्किल 4% लेखकों ने ही कुर्ता-पायजामा पहना हुआ था। बाक़ी बचे 1% ने क्या पहना था, उसको बयाँ करने के लिए मेरे पास शब्द नहीं हैं। उस बैठक में कम से कम 900 लेखक मौजूद थे।

मैंने एक और बात पर गौर किया। सिर्फ़ 10-15% लोगों ने दाढ़ी रखी हुई थी और मुश्किल से 5% लेखकों के बाल ज़्यादा बढ़े हुए थे। यह मैं पुरुषों के बारे में कह रहा हूँ।

कई लोग जब पहली बार लेखक बनने के लिए आते हैं, तो पता नहीं क्यों उन्हें ऐसा लगता है कि लेखक जैसा दिखने से ही वे अच्छे लेखक बन सकते हैं। वे अपने बाल लंबे कर लेते हैं, दाढ़ी बढ़ा लेते हैं, कान में बाली पहन लेते हैं और कुर्ता-जींस पहनते हैं और पैरों में सैंडल।

मेरा मानना है कि हमेशा खाना वो खाना चाहिए जो हमें पसंद हो और कपड़े वो पहनने चाहिए, जो दूसरों को पसंद हों। भले ही फ़िल्म इंडस्ट्री में ऐसा कोई ड्रेस कोड ना हो लेकिन बाल लंबे करने से और दाढ़ी बढ़ा लेने से, कान में बाली पहनने से या सतरंगे कपड़े पहनने से आप लेखक नहीं बन जाओगे। अगर आपका हुलिया पहले से ऐसा नहीं है, तो सिर्फ़ लेखक कहलाने के लिए ऐसा हुलिया मत बनाइए। हाँ, अगर आपने 5 हिट फ़िल्में दे दी हैं, तो जो मर्ज़ी वो पहनकर कहीं भी जाइए, आपको कोई कुछ नहीं कहेगा। लेकिन 5 फ़िल्में हिट हो जाने के बाद! अभी नहीं! अभी तो आपको एक प्रोफ़ेशनल की छवि बनानी है।

जब मैं फ़ौज में था, तो वहाँ एक कहावत थी। आप भले ही 15 मिनट जल्दी पहुँच जाएँ लेकिन एक मिनट भी लेट मत पहुँचें। कहा जाता है कि फ़िल्मों में वक़्त की पाबंदी नहीं है। सही बात है, लेकिन इसका मतलब यह नहीं है कि आप भी ऐसा ही करें। अमिताभ बच्चन का बरसों से उसूल रहा है कि अगर शिफ़्ट 9 बजे की है तो वे 8 : 55 बजे सेट पर मौजूद होंगे। यह उनका पेशेवराना व्यवहार है। आपको भी ऐसा ही करना है। वक़्त पर आने से अच्छा प्रभाव पड़ता है। हमेशा अपने तय समय पर अपॉइन्टमेंट के लिए पहुँच जाइए। अगर आप ट्रैफ़िक में फंसे हैं, या किसी और वजह से लेट हो रहे हैं, तो एक मैसेज कर दीजिए कि आप 15 मिनट देर से पहुँचेंगे। इससे आपका पेशेवर अनुशासन दिखाई देगा।

मान लीजिए कि किसी प्रोडक्शन हाउस ने आपकी कहानी सुन ली। उसके बाद क्या? कहानी सुनाना तो सबसे पहला क़दम है। कोई भी प्रोडक्शन हाउस साल में ज़्यादा से ज़्यादा 2 फ़िल्में बनाता है। इसका मतलब वे 100 कहानियों में से छाँटी गई 10 कहानियों में से भी ज़्यादा से ज़्यादा 2 कहानियों पर फ़िल्म बनाएँगे। इसलिए किसी भी प्रोडक्शन हाउस को कहानी सुनाने के बाद इस उम्मीद में हाथ पर हाथ रखकर बैठ मत जाइए कि बस कुछ ही दिनों में उनका फ़ैसला आ जाएगा। आपको अपना काम रोज़ करना है। एक नियम बना लीजिए कि आज 5 नई कंपनियों में बात करूँगा। हो सका तो एक-आध से मिलकर भी आऊँगा। यह दरअसल प्रोडक्ट मार्केटिंग है! आप अपना प्रोडक्ट यानी अपनी कहानी बेच रहे हैं। इसलिए मार्केटिंग के फंडे इस्तेमाल कीजिए।

ऊपर बताए गए सारे फंडे आज़माकर देख लीजिए। एक महीने तक ऐसा करने के बाद आपको एक अंदाज़ा हो जाएगा कि एक लेखक के तौर पर आप किस दिशा में जा रहे हैं। मैं यह नहीं कह रहा हूँ कि एक महीने में क़ामयाबी ना मिले तो वापस लौट जाएँ। फ़िल्म लाइन में क़ामयाबी मिलने में औसतन 5 साल लगते हैं। चाहे वो कोई भी डिपार्टमेंट हो—राइटिंग, एक्टिंग या डायरेक्शन! उसके बाद भी गारंटी नहीं है कि आगे क्या होगा। बेहतरीन कलाकार और आज के जाने-माने एक्टर नवाज़ुद्दीन सिद्दीक़ी की ही मिसाल लें। क्या आपको पता है कि 'सरफ़रोश' में उनका एक छोटा-सा रोल था। 'सरफ़रोश' 1999 में रिलीज़ हुई थी और उसकी शूटिंग 1998 में हुई थी। आज से पंद्रह साल पहले! हम नवाज़ को ज़्यादा से ज़्यादा पिछले 4-5 सालों से देखने और पहचानने लगे हैं। जबकि पिछले 10 साल से नवाज़ुद्दीन यही कर रहे थे।

जावेद अख़्तर साहब, जिन्हें हम सभी बख़ूबी जानते हैं, जब मुंबई आए थे तो 3 साल तक किसी सोसाइटी के कंपाउंड में रहे थे। यह 60 के दशक की बात है। कुछ नहीं बदला है। सबको स्ट्रगल करना पड़ता है। आपको भी करना पड़ेगा। चूँकि आप लेखक बनने आए हैं, इसलिए आपका काम थोड़ा आसान रहेगा।

पहले ज़माने में फ़िल्म लाइन में काम करना ख़राब समझा जाता था। आज स्थिति बिल्कुल उलट है। टीवी पर प्रोग्राम देखिए, जिनमें 5-10 साल के बच्चे फ़िल्मी डांस करते हैं और उनके माँ-बाप दर्शकों में खड़े-खड़े तालियाँ बजा रहे होते हैं। वक़्त बदल चुका है। आप किसी दिन मुंबई में किसी ऐसी जगह चले जाइए, जहाँ किसी विज्ञापन या सीरियल के लिए ऑडिशन चल रहा हो, तो आपको अंदाज़ा हो जाएगा कि फ़िल्म और टीवी में आने के लिए लोग कितने बेक़रार हैं।

मुंबई में दूसरे शहरों के बड़े-बड़े घरों के लड़के-लड़कियाँ आते हैं, जिनके माँ-बाप के पास ख़ूब पैसा होता है। वे अपने बच्चों को एक फ़्लैट किराए पर दिला देते हैं, गाड़ी और महीने का खर्चा भी देते हैं। वे कहते हैं कि 'मैं तुझे 3 साल तक इसी तरह सँभालूँगा, अगर इन सालों में तेरा कुछ नहीं हुआ तो तू वापस आ जाना और खानदानी धन्धा सँभाल लेना।' यह एक व्यवहारिक तरीक़ा है। वे जुआ खेल रहे हैं। उन्होंने बहुत सारी कहानियाँ सुनी हैं कि फलाँ ऐसे ही मुंबई आया था, छोटे-मोटे रोल करते-करते उसे काम मिल गया और आज देखो। एक दिन के 2 लाख लेता है। यह एक नपा-तुला जोखिम है, जिसे वे लेने को तैयार हैं।

मैंने बहुत कम ऐसे लोग देखे हैं, जो लेखक बनने मुंबई आए हों और उनके माँ-बाप ने उन्हें ऐसी सुविधा दी हो। यह चुनौती है एक लेखक की।

अगर आपके ऊपर कोई ज़िम्मेदारी नहीं है, तो आप मुंबई में अपना गुज़ारा 10-12 हज़ार रुपए में कर सकते हैं। वैसे तो इतनी रकम यहाँ के महँगे स्कूलों में पढ़ने वाले कुछ लड़कों की पॉकेट मनी होती है, लेकिन मैं एक साधारण ढंग से रहने

की बात कर रहा हूँ। बाक़ी आपके रहन-सहन के ऊपर है। यहाँ ऐसे लोग भी हैं, जिनके लिए एक दिन में एक लाख रुपए भी कम पड़ते हैं।

मुंबई में सबसे बड़ी समस्या यहाँ रहने की ही है। लड़कों का तो फिर भी कोई ना कोई बंदोबस्त हो जाता है, लेकिन लड़कियों के लिए बहुत ही मुश्किल होता है। मुंबई में सोसाइटी अकेली लड़कियों को फ़्लैट किराए पर नहीं देतीं। लड़कियों को ही क्यों, कुंआरों को भी नहीं देतीं। उनका मानना है कि अगर आप घर में अकेले हैं, तो पार्टियां-शार्टियाँ और मस्ती करोगे। यह बिल्कुल ग़लत है, लेकिन यहाँ सब लोग भेड़चाल में चलते हैं।

फिर भी, बहुत सारी सोसाइटियों में शेयरिंग में रहने का इंतज़ाम हो जाता है। अगर आप महिला हैं तो आपको ऐसा घर मिल जाएगा, जो पेईंग गेस्ट रखना चाहता है। आप उनके साथ रह सकती हैं।

एक बात ज़रूर याद रखें! आप मुंबई यह सोचकर कभी मत जाएँ कि यहाँ नौकरी करने वाला आपकी बुआ का बेटा आपको अपने घर में रख लेगा या आप अपनी मौसी के घर में रह लेंगे। नहीं! ऐसा नहीं होगा। एक-दो दिन के लिए तो यह ठीक है लेकिन उसके बाद आपको कोई नहीं झेलेगा। इसका कारण यह है कि वे लोग अपनी रोज़मर्रा की भागदौड़ से ही परेशान हैं।

हाँ, अगर आपका कोई जिगरी दोस्त मुंबई में है, तो वो बेशक आपको गाइड कर सकता है कि कैसे रहा जाए, कहाँ रहा जाए। मुंबई में दोस्त बहुत काम आते हैं।

आपका महीने का किराया कितना होगा, यह इस बात पर निर्भर करता है कि आप ठिकाना कहाँ ढूँढ़ रहे हैं। मुंबई में आपको 1000 रुपए से लेकर 1,00,000/- रुपए तक के किराए वाली जगह मिल जाएगी। आपको अपनी जेब और बजट के हिसाब से तय करना है कि आपको कहाँ रहना है। अगर आपको फ़िल्म इंडस्ट्री में अपना मुकाम बनाना है, तो अँधेरी या उसके आस-पास रहना ठीक रहेगा क्योंकि ज़्यादातर फ़िल्म वालों के ऑफ़िस इसी इलाक़े में हैं। आप थोड़े सस्ते में इससे दूर भी रह सकते हैं लेकिन फिर आने-जाने के लिए आपको लोकल ट्रेन या बस में धक्के खाने पड़ेंगे और आपका वक़्त भी बर्बाद होगा। इसलिए कोशिश कीजिए कि आप अँधेरी या लोखंडवाला के आस-पास ही कहीं रहें।

इस इलाक़े में बहुत सारे ब्रोकर्स हैं, जो आपको पेईंग गेस्ट वाला ठिकाना दिला देंगे। पेईंग गेस्ट वाले आवास में आपका महीने का जो भी किराया तय होगा, उतना एक महीने का एडवांस डिपॉजिट के तौर पर जमा करना पड़ेगा और एक महीने का किराया एडवांस में देना होगा। इसके अलावा आपको एक महीने का किराया ब्रोकर को कमीशन भी देना पड़ेगा। कुछ ब्रोकर डेढ़ महीने का किराया भी लेते हैं। तो आप हिसाब लगा लीजिए कि अगर आपने शेयरिंग में कोई जगह देखी है, जिसका मासिक किराया 5000 रुपए है, तो आपको 5000 रुपए डिपॉजिट, 5000 रुपए

एडवांस किराया और 5000 रुपए कमीशन के रूप में देने पड़ेंगे। मुंबई में किराए पर रहने वालों को पुलिस वेरीफ़िकेशन कराना पड़ता है। यह एक औपचारिकता है, जो ब्रोकर लोग करवा देते हैं, जिसके लिए आपके पास कोई फ़ोटो पहचान-पत्र होना चाहिए। इसलिए आप अपने ड्राइविंग लाइसेंस, पैन कार्ड या वोटर आई कार्ड की ऑरिजिनल कॉपी अपने साथ ज़रूर रखें।

अगर आप कोई बिज़नेस जानते हैं या आपको किसी फ़ील्ड का अनुभव है, तो सबसे पहले आप उसी फ़ील्ड की नौकरी हासिल करने की कोशिश कीजिए। मुंबई में बहुत सारे कॉल सेंटर भी हैं। अगर आप अच्छी अंग्रेजी बोल लेते हैं, तो आपका काम सबसे आसान है। आपको तुरंत ही कम से कम 15-20 हज़ार रुपए की नौकरी मिल जाएगी। आने-जाने के लिए कंपनी की गाड़ी आएगी, हफ़्ते में सिर्फ़ पांच दिन काम करेंगे और बाक़ी सुविधाएँ अलग। बशर्ते कि आप अच्छी अंग्रेजी बोल लेते हों।

अगर आप अच्छी अंग्रेजी नहीं बोल सकते तो कोई बात नहीं। यहाँ घरेलू कॉल सेंटर भी हैं, उन्हें भी एजेंटों की ख़ूब ज़रूरत रहती है। वहाँ आपको हफ़्ते में 6 दिन काम करना पड़ेगा और तनख़वाह 8-10 हज़ार रुपए होगी लेकिन आपको लोकल ट्रेन में आना-जाना पड़ेगा। इसमें भी आपका गुज़ारा हो जाएगा।

जब आप पहली बार मुंबई आएँ, तो माहौल देखने आइए। स्टडी कीजिए। देखिए कि कहाँ पर क्या है और जैसे मैंने बताया, वैसे अपनी कहानी को बेचने की कोशिश कीजिए।

अगर आपको मुंबई में इज़्ज़त के साथ जीना है, तो आपको थोड़ी तैयारी करके जाना पड़ेगा। अगर अभी आपके पास इतने पैसे नहीं हैं तो कोई बात नहीं। पैसे जोड़ना शुरू कीजिए। बचत कीजिए। कम से कम तीन महीने का बंदोबस्त करके ही मुंबई जाइए। याद रखिए, यह पैसा अगले तीन महीने तक गुज़ारा चलाने के लिए ही है, अय्याशी के लिए नहीं है। मुंबई में 25-30 हज़ार रुपए उड़ाने में 25-30 मिनट ही लगेंगे। इन तीन महीनों में आप पूरा सिस्टम समझ लीजिए और जाते ही आपका पहला लक्ष्य होना चाहिए अपना गुज़ारा चलाने लायक नौकरी हासिल करना।

एक बार जब आप नौकरी शुरू कर देते हो तो अपने काम के घंटों के हिसाब से अपनी एक दिनचर्या बना लीजिए। दिन में या रात को, जब भी आपको ठीक लगे, या तो कुछ नया लिखिए या पहले के लिखे हुए को बेचने की कोशिश कीजिए। धीरे-धीरे आपका एक सर्किल बनना शुरू हो जाएगा। जान-पहचान बननी शुरू हो जाएगी।

एक बात की मानसिक तैयारी करके ज़रूर रखें। फ़िल्मों में अपना मुक़ाम हासिल करना कोई 100 मीटर की दौड़ नहीं है, यह एक मैराथन है। इसमें समय लगेगा। अगर आप पूरी ईमानदारी के साथ और सही ढंग से कोशिश करेंगे तो एक ना एक दिन आपको क़ामयाबी ज़रूर हासिल होगी।

24

एक कहानी के कितने पैसे मिलते हैं?

यह सबसे ज़रूरी सवाल है। आप अपना काम-धंधा छोड़कर और घरवालों की बददुआएँ लेकर मुंबई पहुँचे हैं। ऐसे में आपकी कहानी किसी को पसंद आ गई और पैसों की बात उठी तो आप कितने पैसे माँगेंगे? क्या भाव बताएँगे अपनी कहानी का? अगर सामने वाली पार्टी आपको आपका भाव ना दे, तो आपको अपनी कहानी उन्हें देनी चाहिए या नहीं?

हिंदी फ़िल्म इंडस्ट्री में एक शब्द है 'ब्रेक' देना। इसका मतलब है किसी को मौक़ा देना। आप जब यहाँ आएँगे तो आप बहुत सारे लोगों को यह कहता पाएँगे कि 'फलाँ को तो फलाँ ने ब्रेक दे दिया'। इसका मतलब है कि किसी ने किसी को मौक़ा दिया है।

'बड़ी पिक्चर में ब्रेक मिला' मतलब उन्हें एक बहुत ही बड़ी पिक्चर में काम मिला है और अब आगे चाँदी ही चाँदी है।

'ब्रेक' ज़्यादातर एक्टर को, म्यूजिक डायरेक्टर को और सिनेमेटोग्राफ़र को मिलता है। मतलब कोई सालों से म्यूजिक डायरेक्टर बनने के लिए मशक्कत कर रहा है और कोई प्रोड्यूसर उसे अपनी फ़िल्म में म्यूजिक देने का मौक़ा दे देता है। इसे कहते हैं 'ब्रेक' देना।

एक्टर पर भी काफ़ी हद तक यही बात लागू होती है। फलाँ डायरेक्टर ने फलाँ एक्टर को एक 'ब्रेक' दिया और उसके बाद उसकी निकल पड़ी। सही है! ऐसा अक्सर होता है।

लेखकों के मामले में ऐसा नहीं होता। अगर कोई लेखक किसी प्रोडक्शन हाउस के साथ काम करने के लिए तैयार हो जाए और उन दोनों में कोई क़रार हो जाए, तो किसी ने भी किसी पर कोई मेहरबानी नहीं की। यह एक आपसी फ़ायदे का सौदा है। प्रोडक्शन हाउस को एक अच्छी कहानी चाहिए, ताकि वे उन पर एक फ़िल्म बना सकें और पैसा कमा सकें और लेखक को एक ऐसा प्रोडक्शन हाउस, जो उसकी कहानी को परदे तक पहुँचाए।

अगर कोई भी प्रोड्यूसर या प्रोडक्शन हाउस आपको यह जताने की कोशिश करे कि उन्होंने आपकी कहानी ख़रीदकर आपके ऊपर बहुत बड़ा एहसान किया है, तो आप बेझिझक फ़ैसला कर लीजिए कि आपको उसके साथ काम नहीं करना है। कोई भी अपने प्रोफ़ेशनल रिश्ते की शुरुआत इस तरीक़े से क्यों करे? अगर दोनों तरफ़ से बराबरी का रवैया नहीं है, तो ऐसे लोगों के साथ काम नहीं करना चाहिए। आपको भी अपने मन में ऐसे ख़याल कभी नहीं लाने चाहिए कि मैं अपनी कहानी देकर इन पर कोई एहसान कर रहा हूँ।

जब एक बार तय हो जाता है कि फलाँ प्रोडक्शन हाउस आपकी कहानी खरीदने को तैयार हो गया है, तो उसके बाद बात आएगी पैसों की।

फ़िल्म लेखक संघ (फ़िल्म राइटर्स यूनियन) के बड़े पदाधिकारियों ने कई सालों की कड़ी मशक्कत करने के बाद एक न्यूनतम फ़ीस ढाँचा तैयार किया है। इसके अनुसार अगर आपने किसी फ़िल्म की 'स्टोरी, स्क्रीनप्ले (पटकथा) और डायलॉग' तीनों लिखे हैं, तो आपका न्यूनतम मेहनताना बनता है 9,00,000/- (नौ लाख रुपए)।

कई बार ऐसा होता है कि उन्हें किसी नए लेखक की कहानी पसंद आ जाती है और उन्हें लगता है कि पटकथा और डायलॉग्स पर काफ़ी काम करने की ज़रूरत है, तो वे आपके साथ सिर्फ़ कहानी का क़रार करेंगे। डायलॉग और पटकथा किसी और लेखक से लिखवाएँगे।

ज़ीशान क़ादरी, जिन्होंने 'गैंग्स ऑफ़ वासेपुर' की कहानी लिखी, उनके साथ भी ऐसा ही हुआ, लेकिन उन्हें पटकथा लिखने वाली टीम में शामिल किया गया और पटकथा में अन्य 4 लोगों के साथ उनका भी नाम है।

यह एक अच्छा तरीक़ा है। मंजे हुए लेखकों के साथ जब आप स्टोरी, सीन और स्ट्रक्चर पर काम करते हुए 2-3 महीने बिताएँगे, तब आपको बहुत बढ़िया अंदाज़ा हो जाएगा कि पटकथा कैसे जमाते हैं।

अगर आपकी पहली फ़िल्म है और कोई आपको स्टोरी, स्क्रीनप्ले और डायलॉग के 9 लाख रुपए दे रहा है, तो खुशी-खुशी ले लीजिए, क्योंकि जिस दिन आपकी फ़िल्म बनी, रिलीज़ हुई और हिट हो गई तो अगली फ़िल्म में आपकी फ़ीस कहीं ज़्यादा होगी।

25

लेखक के अधिकार

हिंदी फ़िल्म का हीरो जब शूटिंग पर जाता है, तो उसके साथ उसका बॉय, उसका मेकअप मैन (अगर हीरोइन है, तो उसकी हेयर ड्रेसर), उसका ड्राइवर और अन्य स्टाफ़ होता है। क्या आपको अंदाज़ा है कि एक फ़िल्म स्टार के बॉय का वेतन कितना होता है? औसतन 5,000–15,000 रुपए प्रतिदिन। जी हाँ! सोचिए, उसे किसी पढ़ाई–लिखाई की ज़रूरत नहीं, किसी कोर्स या क्लासेज की ज़रूरत नहीं। सिर्फ़ अच्छा व्यवहार रखना है, शिष्टता के साथ पेश आना है और अपने हीरो के माँगने से पहले उसकी सारी ज़रूरतें पूरा करना है। इसके बदले में रोज़ शाम को कम से कम 10,000 रुपए अपनी जेब में डालकर घर जाना है। दस हज़ार रुपए रोज़! महीने के तीन लाख और साल के कम से कम 36 लाख रुपए! क्या यह कोई छोटी–मोटी रकम है? कुछ हीरोइनों के हेयर ड्रेसर और मेकअप मैन एक दिन के 25,000 रुपए लेते हैं। इससे आप अंदाज़ा लगा सकते हैं कि फ़िल्म लाइन में कितना पैसा है।

अगर फ़िल्मों में इतना पैसा है तो ऐसा क्यों है कि ज़्यादातर लेखक अपना घर भी ठीक से नहीं चला पाते? क्यों वे हर समय पैसों के लिए मोहताज़ रहते हैं और मजबूरी में अपनी लिखी हुई कहानी या गाने कौड़ियों के भाव बेच देते हैं? ऐसा क्यों होता है कि लेखक का काम सबसे पहले ख़त्म होता है और पैसे उसे सबसे बाद में दिए जाते हैं?

मेरा मानना है कि दुनिया आपके साथ ठीक वैसा ही सलूक करेगी, जैसा सलूक आप ख़ुद के साथ करेंगे। हम लेखकों के साथ यह सब तभी होता है, जब हम ऐसा होने देते हैं। नहीं बेचनी हमें अपनी कहानियाँ कौड़ियों के मोल! हमें अपनी कहानी के लिए 'इतने' रुपए चाहिए। अगर मंजूर है तो बोलो, वरना जय राम जी की! हम ऐसा रवैया क्यों नहीं दिखा सकते? ऐसी क्या मजबूरी है?

सबसे बड़ा कारण यह है कि हम कुछ ऑरिजिनल नहीं लिखते और लिखते भी हैं तो उसे बेचना नहीं जानते। आपने कितना भी अच्छा क्यों ना लिखा है, जब तक

उसे कोई ना देखे और कोई ना ख़रीदे, तब तक उसका कोई मोल नहीं है। उसकी क़ीमत शून्य है।

जब कोई आदमी कोई चीज़ ख़रीदने जाता है, तो सबसे पहले वो यह जताएगा कि उसे उस चीज़ की कोई ख़ास ज़रूरत नहीं है, लेकिन आप आए ही हैं तो वो ख़रीद लेगा। उनका यह मानना है कि ऐसा करने से उन्हें अच्छे दाम पर चीज़ मिल सकती है। फ़िल्म प्रोड्यूरों पर यह बात एकदम लागू होती है। कोई भी फ़िल्म शुरू करने से पहले उन्हें एक अच्छी स्क्रिप्ट की ज़रूरत होती है, लेकिन वे यह जताने की कोशिश करते हैं कि उन्हें इसकी ज़रूरत नहीं है। वे कहते हैं कि कहानियाँ तो उनके पास बहुत हैं और उनसे मिलने 5 लेखक रोज़ आते हैं।

लेखक से मिलना और कोई कहानी पसंद आना, इन दोनों बातों में बहुत फ़र्क है। हिंदी फ़िल्म इंडस्ट्री में लेखक बनने के लिए कोई भी योग्यता नहीं चाहिए। कोई भी ऐलान कर सकता है कि 'आज से मैं लेखक हूँ!' अपने आप को लेखक कहलाने में और एक अच्छी कहानी/पटकथा लिखने में बहुत अंतर है। कोई भी प्रोड्यूसर लेखकों की इज़्ज़त इसलिए नहीं करता क्योंकि यहाँ ज़्यादातर लेखक ऑरिजिनल नहीं सोचते-लिखते। वे किसी अंग्रेजी फ़िल्म की नकल करके आते हैं और प्रोड्यूसर को सुनाते हैं।

फ़िल्म इंडस्ट्री में आपकी इज़्ज़त तभी होगी, जब आप कुछ ऑरिजिनल लिखेंगे। ऑरिजिनल लिखना तो आपका पहला पड़ाव है। इसके बाद बारी आती है किसी अच्छे प्रोड्यूसर से मिलने की और उन्हें अपनी कहानी बेचने की।

कहानी बेचने के बाद भी आपका संघर्ष ख़त्म नहीं होता। फ़िल्मों के पोस्टर में आपका नाम होना ज़रूरी है। जब फ़िल्म की पब्लिसिटी हो और आपकी फ़िल्म के प्रोमो टीवी पर आएँ, तो उनमें आपका नाम आना ज़रूरी है। यह आपका अधिकार है। इस बात पर कोई समझौता नहीं होना चाहिए। आपको यह बात स्पष्ट कर देनी चाहिए और अपने एग्रीमेंट में साफ़-साफ़ लिखवानी चाहिए। जहाँ-जहाँ डायरेक्टर का नाम आता है, वहाँ-वहाँ लेखक का नाम भी आना चाहिए।

कई बार कोई प्रोड्यूसर एक से ज़्यादा लेखकों से पटकथा लिखवाता है, या किसी अन्य व्यक्ति से डायलॉग लिखवाता है। यह उसका अधिकार है क्योंकि फ़िल्म उसकी है और उसकी संतुष्टि के हिसाब से बननी चाहिए। अगर आपका लिखा उसे थोड़ा बहुत पसंद आया, तो वो किसी दूसरे से लिखवा सकता है लेकिन एक बात साफ़ हो जानी चाहिए कि अगर आपने डायलॉग के साथ 120 सीन की पूरी पटकथा लिखी है और कोई उनमें से कम से कम आधे ऑरिजिनल सीन लिखता है तो उसे आपके साथ क्रेडिट शेयर करने का अधिकार है। अगर किसी ने 20-25 सीन नए लिखे हैं और आपके लिखे हुए 100 सीन हैं, तो उस आदमी को 'एडिशनल स्क्रीनप्ले' या 'एडिशनल डायलॉग' का क्रेडिट मिलना चाहिए। आपके एग्रीमेंट में ये

सारी बातें स्पष्ट हो जानी चाहिए। इसके अलावा यह भी स्पष्ट हो जाना चाहिए कि भुगतान के नियम क्या रहेंगे और कब कितना पैसा मिलेगा। जब मैं इंडस्ट्री में नया था तो मैंने एक कहानी बेची थी। सब कुछ ठीक था लेकिन उसमें यह स्पष्ट नहीं था कि प्रोड्यूसर कितने वक़्त में वो फ़िल्म बनाएगा। ऐसे में अगर कोई आपसे एग्रीमेंट भी कर लेता है कि आपको फलाँ रकम साइन करते वक़्त मिलेगी, फलाँ रकम फ़िल्म शुरू होने के सात दिन बाद और फलाँ रकम रिलीज़ से पहले मिलेगी, लेकिन अगर वो फ़िल्म शुरू ही नहीं हुई, तो आप क़ानूनन कुछ नहीं कर सकते। मेरी क़िस्मत अच्छी थी कि मैंने वो कहानी एक बहुत ही सज्जन और ईमानदार प्रोड्यूसर/डायरेक्टर को दी थी। जब उन्हें लगा कि उनकी तरफ़ से फ़िल्म बनाने में देर हो रही है, तो उन्होंने ख़ुद मुझे बुलाकर वो पुराना कॉन्ट्रैक्ट ख़ारिज़ कर दिया और मेरे मौजूदा मार्केट रेट के हिसाब से एक नया कॉन्ट्रैक्ट बनाया। उन सज्जन फ़िल्म प्रोड्यूसर/डायरेक्टर का नाम है, जॉन मैथ्यू मैथन! जिन्होंने 'सरफ़रोश' जैसी धांसू फ़िल्म की पटकथा लिखी, उसे प्रोड्यूस किया और डायरेक्ट भी किया। उस फ़िल्म के लिए उन्हें ढेर सारे अवॉर्ड भी मिले हैं। बहरहाल, वो मेरी पहली कहानी थी, जिसका एग्रीमेंट हमने 2004 में किया था। वो फ़िल्म अभी शुरू भी नहीं हुई है लेकिन जॉन साहब को उस फ़िल्म से बहुत उम्मीद है और उन्होंने बीड़ा उठाया है कि उस फ़िल्म को परदे पर ज़रूर लाएँगे। फ़िल्म इंडस्ट्री में ऐसे लोग बहुत कम हैं।

'मैं अपना हक़ माँगता नहीं, छीनता हूँ' यह डायलॉग अमिताभ बच्चन पर फ़िल्माया गया है लेकिन इसे लिखने वाले लेखक थे सलीम-जावेद! अगर हमारी फ़िल्म इंडस्ट्री में किसी लेखक की इज़्ज़त है तो वो हैं सलीम-जावेद! एक दौर था जब हीरो को जितने पैसे मिलते थे, उतने ही पैसे उन्हें मिलते थे। असल में फ़िल्म 'दोस्ताना' में तो उन्हें अमिताभ से भी ज़्यादा पैसे मिले थे। लेखकों के लिए ऐसा दौर इससे पहले ना कभी आया था और ना फिर कभी आएगा।

जब उनकी फ़िल्म 'ज़ंजीर' रिलीज़ हुई थी तो उन्होंने देखा कि फ़िल्म के पोस्टर में कहीं भी उनका नाम नहीं था। उन्हें बहुत ग़ुस्सा आया, लेकिन वे हाथ पर हाथ धरे नहीं बैठे रहे। उन्होंने एक पेंटर को बुलाया और उसे एक स्टेंसिल और एक सीढ़ी दी और उसके साथ पूरी मुंबई में जहाँ-जहाँ 'ज़ंजीर' के पोस्टर लगे थे, उन पर अपना नाम छपवा दिया, 'स्टोरी—सलीम-जावेद'। उन्हें अपना हक़ नहीं मिला तो उन्होंने छीन लिया। अगर आपको आपका हक़ ना मिले तो उसे खुद हासिल करना पड़ता है। दरअसल इनसान के लिए जितना जरी अपनी सीमाएँ जानना है, उतना ही जरूरी आत्मसम्मान को बनाए रखना है। इसके बिना सफलता की उम्मीद नहीं की जा सकती।

✿✿✿

विपुल के. रावल

विपुल रावल हिन्दी फ़िलम इंडस्ट्री में बतौर लेखक और स्क्रीप्ट सलाहकार काम करते हैं। दक्षिणी गुजरात के औद्योगिक शहर वापी में जन्मे व पले-बढ़े। चेन्नई में इंजीनियरिंग की पढ़ाई के दौरान फ़िल्म बनाने की तकनीक के प्रति झुकाव। पढ़ाई बीच में छोड़ भारतीय नौ सेना में नौकरी। सेना की नौकरी के दौरान कहानियाँ लिखने तथा पत्र-पत्रिकाओं में छपने का दौर शुरू हुआ। फ़िलहाल बतौर लेखक उनकी फ़िल्म (रूस्तम) की शूटिंग में व्यस्त।